湯島天神坂
お宿如月庵へようこそ
十日夜の巻

中島久枝

ポプラ文庫

目次

湯島天神坂

お宿如月庵へようこそ

十日夜の巻

中島久枝

プロローグ

お宿如月庵は上野広小路から湯島天神に至る坂道の途中にある。

坂を上れば武家屋敷や昌平坂学問所がある本郷界隈で、坂を下れば賑やかな繁華街の上野広小路。不忍池もすぐそこで、夕闇が迫り、灯りがつく頃ともなれば、姐さんたちがつまびく三味線の音が聞こえてくる。酒を飲み、人生の楽しみを味わう。

まったく違う顔をもつ坂の上と下の、ちょうど中間にあるのが如月庵だ。

知る人ぞ知る小さな宿だが、もてなしは最高。うまい料理に温かい風呂、部屋係の心遣いにふれれば、浮世の悩みも消えるという。


如月庵にはさまざまな特技を持った者がいる。

仲居頭の桔梗はお客の気持ちを察するのがうまい。言葉に出さなくとも、何をして欲しいのかが分かる。そればかりではない。桔梗に言われて、「そうだ、これが欲しかったんだ」「こうしたかったんだ」と気づく人だっている。

下足番の樅助は見たもの、聞いたことをすべて覚えている。一度来たお客なら、いつ、だれと、どんな用事で来たのか記憶している。流行りの店や人気の芝居を紹介することもお手の物だ。

板前の杉治もその一人。

年は四十に手が届くくらい。頬骨が高く、四角いあごをして目つきが鋭い。大きな体だが動きは素早い。吹き矢や小柄などさまざまな武芸を身につけている。

杉治は江戸前だけでなく、京大坂、越後、奥州とさまざまな料理に精通している。西国からの旅人なら薄口しょうゆで仕上げるし、北国からならば塩はきつめという具合に、お客の好みに合わせて調理法や味つけを変える。みりんの商いならみりんをたっぷり使った煮魚で、北前船ゆかりの人なら昆布巻き。酒好きならば酒の肴を用意するし、白飯好きならご飯にあうおかず、という具合である。

杉治はめったなことでは、お客の前に顔を出さない。

うまい料理に舌鼓を打って、祝儀を渡したいというお客がいても挨拶に出ない。

「今、手が離せないと言ってくだせえ。板前は裏方の仕事ですから」

そう言って断る。

杉治という名で如月庵に来た時に、おかみのお松と相談して決めたことだ。生まれはどこで、ここに来るまで何をしていたのか、武芸をどこで身につけたのか話すことはない。

秋が深まったその日、杉治はめずらしく上野広小路に出かけた。膳にのせる竹ざるを探していたのだ。

その日のお客は風雅を愛する茶人だったので、栗おこわを竹ざるに入れて出すつもりだった。赤く染まった紅葉を散らせば、秋の山路の風情が出るだろう。

竹ざるを扱う店を二軒ほど見たが、思うようなものがなく三軒目に向かう途中だった。

突然、道の向こうで叫び声がした。

声のした方を見ると、人が集まっているのが見えた。

往来の真ん中に、一頭の馬がいた。いななきながら首を大きくふり、前脚を振り上げ、後ろ脚で蹴っている。その脇では馬の飼い主と思われる男が必死で何か叫んでいる。

何かに驚いたのだろうか。

耳に虫でもはいったのだろうか。

馬は口から白い泡を吹いている。

一人の男が棒で馬を打った。その途端、馬は手綱(たづな)を持った男を振り払い、走り出した。人々は雪崩(なだれ)を打ったように周囲から逃げ出した。

走り出す者。転がる者。

通りの人影が消えた。

いや、取り残された者がいる。

幼い女の子だ。地面にぺたんと座って、ぽかんと空を見上げている。馬はその子をめがけ走って来る。

考えるより先に、杉治の体が動いた。

馬の前に立ちはだかり、たてがみをつかむと、そのままひらりと馬に飛び乗った。

馬は杉治を振り落とそうと暴れ、後ろ脚で立ち上がる。杉治は片手でたてがみをつかみ、もう片方の手で懐(ふところ)から風呂敷を取り出した。広げると馬の頭にかぶせた。目隠しされた馬は急におとなしくなり、前脚をおろした。

「どうどう」

杉治は馬の首をたたいて落ち着かせる。

「心配するな。大丈夫だ。怖いことなんかない」

穏やかに声をかける。

改めて見れば、臆病そうな目をした若いやせた馬だった。

馬から降りると、母親らしい女が女の子を抱きしめて泣いていた。

「どなた様でしょうか。娘の命の恩人です」

女がたずねた。

「名乗るほどの者ではありませんから」

杉治は逃げるようにその場を立ち去った。

如月庵に戻って気がついた。

右の手首が腫れている。どうやら、娘を助けるときにひねったらしい。

包丁を持つと痛い。

「まいったなぁ」

小さくつぶやいた。

その日の晩になると、杉治の手首はじんじんと痛みだした。

痛みとともに、杉治は忘れていた昔のことを思い出した。

自分にも娘がいた。名前は夏（なつ）と言った。杉治によくなついていた。

突然、耳元に甲高い夏の声がよみがえった。幼い夏を膝に乗せたときの重さや、汗の混じった髪の匂いや、ぷっくりとよく太った腕のやわらかさが思い出された。

別れたときは七つだ。あの母親くらいの年頃になっているはずだ。

生きていたら。

口の中に苦いものがこみあげてきた。

二、三日後、出入りの八百屋にたずねられた。
「この前、上野広小路で子供を助けたのは杉治さんだろ。ひらりと馬に飛び乗って、暴れ馬をおとなしくさせた。それで、名前も名乗らず立ち去った。あれは、どこの御仁だ、ただもんじゃねぇって、噂になっているよ」

八百屋は顔を輝かせ、自分のことのようにうれしそうに語った。

「いや、俺じゃねぇよ。俺は、この通り、いつもここにいるからさ」

「へぇ、そうかい。俺はてっきりお前さんかと思ったんだけどなぁ。この前の火事のときも燃えている家から人を助け出したじゃねぇか」

池之端（いけのはた）で火事があったとき、杉治は火消しに交じって燃えた家の中から怪我人を助け出したのだ。

「あれは、よく知っている人だったから、こっちも夢中でさ。後で思い返してぞっとしたよ。昔っから向こう見ずなんだな。後先を考えねぇんだよ」

杉治は苦く笑う。

今までずっと目立つことは避けてきたのに。

「じゃあ、あの暴れ馬を抑えたのは、本当にお前さんじゃないのかい？　話に聞いた年ごろも体つきもあんたにぴったりだぜ」

「ほんとに、俺じゃねぇよ。知らないよ」

杉治は強く否定した。

「そうか残念だなぁ。あの娘は、青天堂の孫娘だったんだ。青天堂は知っているだろ。上野広小路の大きな薬種屋だよ。ほれ、ウルエスって薬で有名な。店主は孫娘の命の恩人に礼がしたいって捜している。教えてくれた人にも礼を出すそうだ。いや、礼が欲しくて言ってるんじゃねぇよ。杉治さんがそうなら、こっちだって鼻が高いってもんだからさ」

八百屋はなおも言葉を重ねた。

青天堂のウルエスは腹痛の薬だ。悪いものを食べたとき、腹に虫がいるとき、この薬を飲むときれいに出てしまう。「空」の字を分解してウ、ル、エ、それを「す」にしてしまうという意味だ。効き目があると、どこの家にもたいていおいてある。

「いやいや、俺じゃねぇから」

杉治はもう一度、はっきりと否定した。

「そうかぁ。じゃあ、しょうがねぇなぁ」

八百屋は残念そうに首をふりながら帰っていった。


その晩、板場に杉治がひとりでいるとき、おかみのお松が顔を出した。

「手の方はもういいのかい？　ほっておくと、長引くよ。早く宗庵先生に診てもらいな」

宗庵は本郷で開業している町医者だ。背が低く、よく太って、こん棒のような腕をしている。口は悪いが腕は確かで、面倒見がよい。金のない者にも親切なので、病院はいつも患者であふれている。

その患者の中にはあの日、杉治の顔を見た者もいるかもしれない。

杉治を見つけ、八百屋と同じように気軽に声をかけて来るだろう。

――あんた、もしかしたら上野広小路で暴れ馬を止めた御仁じゃないのかい？　腕はその時痛めたもんだろう。

そういうのは御免だな。

杉治は自分でも気づかぬうちに、痛む手首をそっとなでた。

「昔のことを、まだ気にしているのかい。もう、十五年も前のことじゃないか」

お松が低い声でたずねた。

「わしらの商売は十年、二十年かけてやるもんなんだ。相手が忘れたと思って油断した時がねらい目なんだ。しくじったよ」

「あんたはもう、板前なんだよ。いい加減昔のことは忘れたらどうだい」

「そうはいかねぇんだよ」

杉治の答えに、お松は少し淋しそうな様子で出て行った。

その姿を見送ると、杉治は手にした杉箸を右手に持つとすっと投げた。

杉箸はまっすぐとんで、壁の日めくりに突き刺さった。

自分では忘れたと思っても、体にしみついた技は消えない。

火事の中から人を助けるのは度胸だと言い逃れできるが、暴れ馬に飛び乗ったのはまずかった。見る人が見れば、馬の扱いになれた者だと気づくはずだ。

侍でもないのに馬の扱いに習熟しているのはなぜだ。何をしている者か。不思議に思うに違いない。

恐ろしいのは敵ではない。

仲間だ。

かつての仲間だ。

杉治は自分の膝を強くたたいた。

第一夜

三人姉妹

1

空が高くなり、白い雲が流れていく。朝晩めっきり冷えるようになって、庭の木の葉も色づいてきた。

「きれいだねぇ」

梅乃（うめの）は風で落ちた楓の葉を光にかざして眺めると、手にしたかごに入れた。杉治に頼まれて紅葉した木の葉を集めているのだ。

十六歳の部屋係で、浅黒い肌に引きしまった体、くりくりとしたよく動く目が愛らしい娘である。

「そうだね、食べられないのが残念だ」

紅葉（もみじ）も赤く染まった柿の葉を拾うと、かごに入れた。紅葉は一つ年上の十七歳。目尻のさがった眠そうな目とぽってりと厚い唇をしている。首も手足も細いのに、胸だけが毬（まり）を入れたように前に突き出ている。

「だけど、葉っぱがのっているとお客さんは喜ぶのよ。風流だねぇって言って」

梅乃はにっこりと笑う。

「ああ、そうだね。秋を味わうんだよ」

紅葉も笑顔になる。


その日、如月庵にやって来たのは八王子で何人もの花火師を抱えている紅屋の大おかみ、粂だ。若い女中のお次を連れている。

「いらっしゃいませ。今年もお待ちしておりましたよ」

下足番の樅助が出迎えた。

「こちらこそ、よろしくお願いいたしますね。長旅だったけど、やっぱり江戸はいいねぇ。気持ちが晴々とするよ」

粂は相好をくずした。

八王子は甲州街道に沿ってある大きな宿場町だ。絹織物の絹を生む蚕や桑畑、茶の栽培が盛んで、裕福な商人が生まれた。人形山車が市中を練り歩く祭礼も有名で、紅屋も毎年盛大な花火をあげる。剛毅で華やかなのが八王子の気風。楽しむことに金を惜しまない。

五年前に亭主をなくし、大おかみとなった粂は四十三歳。あごに肉のついた福々しい顔で、いつも底光りがするような上等の紬をさりげなく着ている。仕事がひと段落した秋に江戸見物にやってくるのは毎年のことで、「狭っ苦しいのは性に合わない」と次の間のついた離れに逗留する。

「板前の杉治もこの日のために、料理を準備していたようでございますよ」

縦助が言うと、「それは楽しみだ」と喜んだ。

部屋係を仰せつかったのは、梅乃である。

「いらっしゃいませ。お待ちしておりました。私、梅乃が部屋係としてお世話をさせていただきます」

梅乃は手をついてていねいに挨拶をした。

「お世話になりますよ」

そう言って粂は障子を開けて庭を眺めた。

「八王子の方が少し秋が早いのかねぇ。ここはまだ、楓が残っている。うちの庭は半分くらい葉が落ちてしまったよ」

そんなことをつぶやいた。

床の間の掛け軸は酉の市のにぎわいを描いたものだ。江戸見物に来る旅人は、こうした江戸の風景を喜ぶ。置物は見ざる聞かざる言わざるの三匹の猿の土人形である。

「かわいらしいお猿さんだねぇ」

粂は笑った。

「日光東照宮（にっこうとうしょうぐう）の見ざる聞かざる言わざるは、子供の頃は悪いことを見たり聞いたり話したりしないで、素直にまっすぐ成長しなさいという教えがこめられているそうです。また、とくに旅先では目と耳と口を慎んで、厄難を避けるという諫めもあると聞いております。お客さまの旅の無事を願いまして、おかみが選びました」

梅乃が説明をした。

「さすが、おかみだ。よく分かっているねぇ。あたしは三人姉妹なんだよ。そりゃあもう、目ざといし、耳ざとい。着物でもかんざしでも、ちょっといい物を身につけているとすぐに気づく。悪口なんか言おうものなら、たちまち耳に入る。そうして、よくしゃべる。妹二人は江戸に嫁いでいるんだけどね、なにかと面倒だからあたしはここに来ることは言っていない。でも、ちゃんとどこからか聞いているんだよねぇ」

粂はおおらかに笑った。

「お風呂もご用意できております。お食事はその後になさいますか」

「そうだね。先にひと風呂浴びさせてもらおうか」

身軽に立ち上がり、お次に「あんたも、別に部屋をとっているからゆっくりしなさい。こっちはいいから」と言った。

粂は酒好きである。

如月庵に泊るといつも杉治の料理に舌鼓を打ちながら、一人で二合、三合と酒を飲む。

風呂から上がったら、まず一杯と思っていることだろう。

梅乃は板場に向かった。

板場では杉治が右の手首に膏薬を用意しているところだった。美濃紙(みのがみ)に真黒な煎じ薬を厚く塗って手首に貼るのである。

「杉治さん、まだ手首が痛むの?」

梅乃は言った。

「ああ、なかなか腫れが引かねぇんだよ。右手だからさ、包丁を持つのが難儀だ」

杉治は渋い顔をした。

「一番大事なきのこが手に入らないんだ。深い山の中に生えている、とってもめずらしいきのこで、それがないと効き目が半分なんだってさ」

見習いの竹助が言った。

「そう。それは困ったねぇ」

梅乃は答えた。

杉治は薬草についても詳しい。ちょっとした風邪や腹痛は自分で集めてきた薬草を煎じて治してしまう。梅乃も一度、もらったことがあった。たしかによく効くが、とても苦い。これなら青天堂のウルエスの方がずっとましだと思ったものだ。

紅葉がやって来て、話に加わった。

「そのきのこ、なんて名前？　もしかしたら、宗庵先生が知っているかもしれない。あの先生なら、分けてくれるよ」

「本当の名前は何ていうのか知らねぇんだよ。俺の田舎じゃ、クモ茸って呼んでいた」

杉治が答えた。

「クモって空の雲？」

梅乃がたずねる。

「いや、網をはって虫を食う蜘蛛のほうだ」

「ひやあ」

梅乃と紅葉は同時に声をあげた。

「もしかして毒茸？」

怖がりのくせに、その手の話が大好きな紅葉はたちまち食いつく。

「そうだよ。見かけは松茸によく似ているんだけど、食べると体がしびれて死ぬ。毒が強いってことは、薬にもなるってことだ。俺の田舎じゃ、蜘蛛茸を見つけると、みんな大喜びをしたもんだ」

杉治の話に目を輝かせた。


杉治は酒の肴を五品用意した。

しいたけを炭火でさっと焼いて酒としょうゆをふったもの。青菜のおひたしにかつお節をのせたもの。かぶやにんじんなど、彩りのいい野菜の酢漬け。それにまぐろのぶつ切りとこのわただ。

このわたというのは、なまこの腸の塩漬けである。冬になると酒の肴になまこの酢漬けを出すのだが、杉治はそのたび、腸を取り出して中の砂を捨てて塩漬けにする。腸は細いから手間がかかり、しかもたくさん集めないとならない。だれに言われたわけでもないのに、杉治はそういう根気のいる仕事をもくもくとこなす。

梅乃がぬる燗と酒の肴を持って行くと、粂は風呂から上がったところだった。

「ああ、いいお湯だった。おかげさまで、旅の疲れがとれたよ」

上気した顔はつやつやと光っている。毎晩の晩酌のせいか粂の肌はきめ細かく、目尻のしわもない。

「お酒をご用意いたしました」

粂はさっそくに手酌で飲み、大きくため息をついた。

「ああ、極楽だねぇ。この一杯のために、八王子からやって来たんだ。今年も、こうやってお酒が飲める。ありがたいことだ」

懐から帳面を取り出した。

観に行くつもりの芝居のこと、頼まれていたみやげの品、そのほか行きたい場所ややりたいことがいくつも書いてある。

「行くところもあるし、買うものもいっぱいある。明日から、忙しいねぇ」

二杯目の盃が空いて、粂の頬がほんのりと染まった。

その時、襖の外で部屋係のお蕗(ふき)の声がした。

「お連れ様がいらっしゃいました」

「連れ？　だれだい？」

粂はたずねた。

とんとんと、廊下を小走りに過ぎる音がして、襖ががらりと開いた。

「おねぇちゃん、あたし、桐よ。おねぇちゃんがここにいるって聞いていたから、来ちゃった」

目元は粂によく似ている。鼻筋の通った美人顔だが、よく見るとえらが張って気の強そうな顔つきだ。小さな風呂敷包みをひとつ抱えていた。

粂には二人の妹がいる。そのどちらかだろう。

渋い紫の江戸小紋は霰や角通しなど、いくつもの細かな柄が組み合わさった「きりばめ」になった贅沢なものだ。裕福な商家に嫁いでいるに違いない。

「一人で木場から来たのかい？　家の方はいいのかい？」

粂はたずねた。

「かまわないわよ」

少々つっけんどんに言うと、粂のお膳を眺めた。

「ねぇ、ご飯、これから？　あたし、朝食べたっきりなのよ。ここのお料理おいしいのよね。なんだか急にお腹が空いてきちゃった」

桐は柱に寄りかかると、足を投げ出した。着物のすそから白いはぎが見えた。

「行儀が悪いねぇ」

粂は眉をひそめた。

「では、もう一つ、お食事のお膳をご用意いたしましょうか」

梅乃はたずねた。

「そうしてちょうだい。こっちが急に来たんだから、同じものでなくてもいいわよ」

桐は粂の言葉を待たずに答えると、ぐるりと部屋を見回した。

「広くていいわねぇ。次の間もついているじゃないの。あたし、今日、ここに泊っていってもいい？」

粂は桐の顔をきろりとにらんだ。

「ご亭主と喧嘩したのかい」

「うん。出て来ちゃった」

桐は子供のように小さく舌を出した。

梅乃は板場に行った。

「離れですが、妹さんがいらっしゃったので、おひとり分、追加できますか？」

「なんだよ。急に言われても困るんだよ」

杉治は顔をしかめた。

それぞれのお客について細かく考えているので、急に事情が変わると困る。しかも、今は右手が思うように動かないので、刺身ひとつ切るのにも時間がかかるというのだ。

料理の仕上がりは今までと全然変わらないと梅乃は思うのだが、杉治にいわせると、まったくなっちゃいないらしい。

「妹さんも酒を飲むのかい」

「そうだと思います」

「じゃあ、とりあえず、酒の肴をみつくろうから待ってな」

杉治は少し表情をやわらげた。その右手首に膏薬が貼ってあった。

その間に、梅乃は下足番の樅助のところに行った。

「今、いらした粂さんの妹さんというのは、すぐ下の妹さん？　三番目？」

梅乃はたずねた。

「あの人はすぐ下の妹の桐さんで、木場の山代（やましろ）という大きな材木商に嫁いでいる。

粂さんとは八つ違いだな」

一度聞いたことは忘れない縦助はすらすらと説明をする。

「三番目は市さんで、粂さんとは十歳違う。浅草の川端屋という料理屋のおかみさんだ。三人とも美人だよ。かつては八王子小町と呼ばれていたんだ」

大きな商家の三人姉妹。さぞや華やかな娘時代だったことだろう。

「桐さんがどうして来たのか、何か言っていたかい?」

――ご亭主と喧嘩したのかい。

――うん。出て来ちゃった。

突然、さっきの二人の会話が思い出された。

「なんか、ご亭主ともめたようです」

「なあるほどねぇ」

縦助はうなずいた。

梅乃が膳を持って行くと、粂と桐が話をしているところだった。

「だって悔しいじゃないの。あたしあの人は、浮気だけはしないと思ったのよ。石部金吉、真面目一方の堅物でしょ。女の人の喜ぶようなこと、何一つ言えないんだから」

「堅物だから、大ごとにしちゃったんじゃないか。相手は素人かい」

「そう。しかも町内の酒屋の娘さんなのよ。年は十八。見合いの話もたくさん来ているっていうのに、なんだって繁太郎みたいな年寄りを好きになったのかしら」

「年寄りって、まだそんな年じゃないだろ」

「三十八。二十も年上なんだから、十八からみたら十分年寄りよ。あたしが十八のときは、三十より先の男はみんな年寄りと思っていたわよ」

聞いてはいけないと思ったが、二人が大きな声で言い合っているから自然に耳に入って来る。表情を硬くして、聞いていません、なんのことだか分かりませんという様子を見せる。

切れ切れに聞いた話を総合すると、つまり、こういうことになる。

粂の妹、桐は材木屋に嫁に行った。亭主の繁太郎はまじめな男である。

ところが、繁太郎は近所の酒屋の一人娘、お波といい仲になった。

もちろんお波の両親はかんかんである。

だが、お波は繁太郎に夢中で別れない。いっしょになれないなら死ぬと言い出し、繁太郎もその言葉にほだされた。材木屋は息子にゆずり、自分は身一つで家を出てお波と暮らす。だから、自分のことは忘れてくれと言った。

「なにが身一つで家を出るよ。かっこいいことを言っちゃって。あたしはお金が欲しいわけじゃないの。そういうところが、あの人はずれているでしょ。女の気持ちが全然、分からない」

　桐は粂の膳の酒を手元にあった盃に注ぐと、ぐいと飲みほし、中空をにらんだ。

「あたしは女房なのよ。二十年もあの家にいて、こまごまとあの人の世話を焼いて来たのよ。息子を育て、娘を嫁にやり、おかみとしてあの家と店を支えてきた。ね、それは何だったのよ。ばかにしているじゃないの」

「まあ、そういきりたたないで。あんたは、昔から、すぐ、かっかするのがよくないよ。そんな風に言われたら、向こうも余計に熱くなるじゃないか。もう少ししおらしくするとかさ」

　粂がなだめる。

「ああ、むしゃくしゃする。こんなちっぽけな盃じゃ、飲んだ気がしない。茶碗はないの」

　桐は叫んだ。

梅乃が部屋を出ると、紅葉がにやにやして立っていた。

「あの桐さんて人、相当荒れてるね。絶対、今晩、何かあるよ」

「立ち聞きしていたの？」

梅乃は咎める口調になった。

「あんなに大きな声でしゃべっているんだ。外に丸聞こえだよ。ねぇ、梅乃、部屋係を交替しようか」

「だめよ」

ぴしゃりと梅乃は答えた。

紅葉が部屋係になったら、それこそ何が起こるか分からない。火に油をどんどん注いで大火事にしてしまいそうだ。

「残念だなぁ」

本当に残念そうに紅葉は首をふった。


紅葉が板場に行くと桂次郎（けいじろう）が来ていて、杉治の怪我した右の手首を診察していた。桂次郎は宗庵のもとで働いている若い医者だ。長崎（ながさき）で医術を学んで、みんなからの信頼が厚い。

「ずいぶん、腫れてますねぇ。骨は折れてないようですが、筋を痛めています。なるべく動かさないようにしてもらいたいんですけど、そうはいきませんよね」

手首に触れながら桂次郎が言った。

なにしろ右の手首だ。

竹助に手伝わせているが、肝心なところは自分でやらなくてはならない。

梅乃は脇に立って二人のやり取りを聞いていた。

桂次郎は背が高く、手足が長い。眉が濃くて、力のある黒いきれいな目をしている。そして頭が切れてやさしい。梅乃は一時、ずいぶん熱をあげていた。けれど、桂次郎の気持ちはどうやら、梅乃の姉のお園（その）の方にあるらしいことが分かった。

お園は美人で心優しく、頭がよくて、よく気がつく。そして、桂次郎の助手として働いている。

だから、それは仕方のないことだ。

分かっているけど……。

「この膏薬はなんですか？　面白い香りがしますね」

桂次郎がたずねた。

「俺の生まれた村では、打ち身や捻挫（ねんざ）は昔からこれで治すんだ」

「薬草は何が入っているんです？」

「よもぎと雪の下、桃の葉。まぁ、いろいろだね」

杉治は言葉を濁した。

「そうですか。でも、それだけなら、この香りにはならないな。ほかには、何が入っているんです？　動物の骨とかも入れるんですか？」

「いやいや、それは入っていない」

「じゃあ、なんだろう。こういう古くから伝わっている知恵を信じない人もいるけど、とんでもない。蘭学は手術などの技はすぐれているんですけど、時間をかけて治さなくてはならない傷や怪我については弱いんです」

桂次郎は指についた香りをかいで首を傾げた。

「いや、これは本物じゃないんだ。本当はもうひとつ、大事なきのこを入れなくちゃだめなんだ。だけど、その肝心のきのこが手に入らなくてね」

「そうか、きのこかぁ。なんていうきのこですか？　こちらでも調べてみます。知り合いの薬種屋にたずねてみます」

さらに熱心にたずねた。

「うん、まぁ、俺たちは蜘蛛茸って呼んでたんだけどね。見かけは松茸によく似ている。松じゃなくて、檜の根もとに生えるんだ。それで強い毒があって、食べるとしびれて死ぬ。だけど、それがあれば、もう、こんな怪我なんかすぐ治るんだ」

「へぇ。万能薬だ。使うのは怪我のときだけなんですか」

「いや、飲み薬にもする。ほんの少しを別の薬草に加えて煎じて飲む。虫下し(むしくだ)しだろ、夏に腐ったものをうっかり食べてしまったときも使う」

「すごいなぁ。食べたら死んでしまうような猛毒を本当に薬にするなんて、だれがはじめたことなんだろう。見つかったらいいなぁ。帰って宗庵先生にうかがってみます」

桂次郎は懐から取り出した紙になにか、書きつけていた。

梅乃が酒をのせた盆を持って玄関にさしかかると、女がいた。

「八王子の紅屋の者が来てますでしょ。妹の市が来たと伝えてくださいませ」

女が高い声で言った。

「市様ですね。少々、お待ちくださいませ」

市はすらりとして姿がよい女で、粋なかつお縞の着物で耳のあたりを大きくふくらませた流行りの髪型をしていた。

持ち物はない。

風呂敷包み一つ持っていない。

急に思い立って家を飛び出してきたのだろうか。梅乃は首を傾げた。

「ね、ちょっと急いでいるんだけど、いいかしら」

市はいらだった様子で言った。

「じゃあ、梅乃、こちらを案内してくれ」

縱助が言い、梅乃が先に立って歩き出した。

なんだか、市も訳がありそうだ。

離れの部屋に着いて、襖を開けた。市は粂の隣に桐がいるのを見て、目を丸くした。

「あれ、なんで、ここに桐ねぇちゃんがいるの?」

「なんでって、何よ。あんたこそ、どうして来たのよ」

桐が言い返す。

「まあ、そんなとこで突っ立ってないでこっちに来て座りなよ。あたしたちは、ここでもう一杯やっているんだ」

粂が手招きした。市は素直に粂の隣に座った。

「店の方はいいのかい」

粂が市にたずねた。

「いいのよ。貞四郎がいるし。今日は町内の寄り合いが主だから」

貞四郎は市の亭主である。市はいくぶん投げやりに答えた。

板場に行って杉治に市が来たことを告げた。

「なんだ、また増えたのか」

杉治は嫌な顔をした。

「なんか、二人とも事情があるらしいんです」

梅乃は困って言い訳をした。

「分かったよ。なんとかするから。そういうことなら、あんまり酒を飲ませるな」

杉治はくぎを刺した。

市の膳を持って行くと、すでに三人は酒をくみかわしていた。

「町内の寄り合いって、なによ」

桐がたずねる。

「三社祭よ」

「あれは春でしょ。まだまだ先じゃないの」

「もう半年ないのよ。一年がかりで準備するのよ」

「お金だっていっぱいかかるんでしょ。たった二、三日のためにばっかみたい」

桐が切って捨てる。

「いいじゃないか。それが楽しみで毎日、働いているんだ。花火と同じだよ」

粂が言った。

「去年ね、うちの町内のお神輿を新しくしたのよ。上につける鳳凰もぴかぴかでね、屋根は漆塗り、紫のひもがついてるの。そりゃあ立派なんだから。はっぴも新しくしたし、手ぬぐいも配った」

「大盤振る舞いだねぇ」

粂が感心する。

「鳶の若い人がたくさんいるから威勢がいいのよ。みんないい男でね。四十も町内があるけど、うちのところがぴかいちよ」

市は自慢そうに鼻を動かす。

「はあ、そうですか」

桐はつまらなそうに小さくあくびをした。

注いで注がれて、一見和気あいあいとしているが、なんとなく不穏な空気が流れているようで、梅乃は落ち着かなくなった。

床の間の三匹の猿は目と耳と口を隠しておとなしくしている。

「あんた、相変わらず粋な着物着ているわねぇ。もう少し年相応のものを着た方がいいんじゃないの」

桐がちろりと市の着物を見て言った。

「料理屋なんだから、おかみは若く見せなくちゃならないの。着物だって髪だって流行りのものがいるのよ。ねぇちゃんこそ、そんな地味なもん着ないでさ。もう少し、若々しくしたら」

桐はぷいと横を向いた。

「あの、お料理をお持ちしてよろしいでしょうか」

梅乃は声をかけた。

「そうだね。お願いするよ。市、あんた、ご飯は食べて来たのかい」

粂は市に声をかけた。

「ううん。朝から食べてないのよ」

「何か食べなきゃ、体に悪いよ。この子にもなにか用意してもらえないかね」

「汁と握り飯で、いいわ」

よく見ると、市はずいぶんと疲れた顔をしている。顔立ちが整っているだけに、頬がこけているのが目立つのだ。

「そんなことを言わずにさ。ここの料理はおいしいんだよ」

「じゃあ、適当にお願いします」

市が言った。


杉治は桂次郎に蜘蛛茸のことを話してしまったことを後悔していた。如月庵が長くなって少し気持ちがゆるんでいるのかもしれない。

蜘蛛茸のことは、村の者だけのひみつで、よそ者には教えないはずだった。

杉治は舌打ちした。

村は人里離れた山の中にあった。外の人間とはほとんど交わりはなく、古くからある役目を持って暮らしてきた。

いわゆる、忍である。

村では文吉（ふみきち）と呼ばれていた。

幼いころから走ったり、泳いだり、さらに武器を使っての鍛錬を行う。読み書き算盤も学ぶ。十歳になると村を出て、知り合いの店に奉公する。そこで働きながら修練を積む。十四、五歳、あるいは二十歳ぐらいになって、それぞれの持ち場に送られるのだ。

杉治は北国の雄藩の江戸上屋敷の厨房に入った。見習いを経て、板前になった。女房をもらい、子供もできた。そうして、普通の暮らしを送る。

杉治の半分は江戸屋敷で働く板前である。

だが、残りの半分は依然として忍である。折々に、同じ仕事をしている者が杉治をたずねてくるので、その者に江戸屋敷のあれこれを伝える。あるときは屑屋で、またあるときは包丁とぎだ。古くから顔なじみで、毎日のように通って来ている魚屋の手代がそうだと知ったときは、さすがに驚いた。

そんな暮らしがずっと続くと思っていた……。

2

梅乃が料理をのせた膳を持って離れに行くと、粂と市の二人きりだった。

「ねぇ、おねぇちゃん。お金を貸してもらいたいんだけど。どうしても、明日の朝までにいるのよ」

市が声をひそめて粂に言う。

「なんだよ。店がうまくいっていないのかい」

「店はうまくいっているわよ。お客は来ている。でも、別口があってね。いろいろかかりがしたのよ」

「別口って、三社祭かい」

「そう。おととしの台風で町内のお神輿を入れていた小屋の屋根がとんだのよ。それで、お神輿も水をかぶって傷んだの。もともと古かったから、直そうということになったのよ」

浅草には四十からの町内がある。それぞれの町神輿があって、三社祭ではその豪華さを競うのである。

「町内の神輿なんだろ。だったら、町内のみんなで出し合えばいいだろう。あんたのところだけがかぶること、ないんだろ」

「そうはいかないのよ。出せるところと、そうじゃないところがあるでしょ。ない袖は振れないんだから。長屋住まいの人のところに奉加帳（ほうがちょう）を回したってたいした金額にはならないわよ。うちは四代目でしょ。川端屋といえば、浅草じゃ、ちょっとは知られた店なの。旦那さん、旦那さんって持ち上げられて、うちの人はいい顔を見せちゃったのよ」

よその町内に負けないものをとか、飾りはどうするかとか、あれこれ集まっては相談した。会場となったのは川端屋だ。

「相談っていっても、結局、みんな飲んで騒ぎたいだけなの」

そのかかりは貞四郎が自腹を切っていた。

「そんなことしてたら、いくらお客が入ったってざるじゃないか」

「そうよ。ざるよ。板前が心配して、おかみさん、いいんですかって何度も言われたわ。だけど、あの人はきかないのよ」

祭りが終わって帳面をしめて驚いた。貞四郎は市に内緒で高利貸しにまで手を出していたのである。

「それでいくら、いるんだよ」

市が粂の耳元でささやいた。

「あんた、桁が違うよ。そんな大金、あるわけないじゃないか」

粂が大きな声を出した。

「だって、おねぇちゃんのところは花火があるじゃないの。八王子のお祭りじゃ、今年もたくさん紅屋の花火があがったんでしょ。あたし、金目のものはみんな金に換えたわよ。着物も、かんざしも、嫁入りのときにおとうちゃんが持たせてくれたもの、もう、ほとんど残っていないわ。きれいさっぱり、すっからかん。朝までにお金を用意できないと、大変なことになるのよ」

市は必死に食い下がる。

「紅屋にいくらお金があったって、それはあたしのお金じゃないよ。店のことは全部息子に任せてある」

「だけど……」

市は口ごもる。

梅乃は聞こえないふりをして膳の用意をすすめる。

「お荷物、ちょっと失礼をいたします」

桐の風呂敷包みをどかそうとしたら、思いのほか重たいのでびっくりした。

「えっ」

思わず声がでた。包みの隙間から小判と銀がのぞいている。

風呂敷包みに大金を直接包んで、持ち歩いているのだ。

あわてて隅に押しやった。

そのとき、がらりと襖が開いて、桐が入ってきた。手洗いから戻ってきたのである。

「あら、お膳が来ているんじゃないの。おいしそう。さあ、あったかいうちに食べようよ」

その日の魚は脂ののった鯖(さば)を柚子(ゆず)の香のたれに漬けた焼きもので、子芋となす、穴子を甘めの味つけで炊き合わせ、小柱のしんじょの汁に銀杏ご飯がつく。

「来たかいがあったわ」

桐はくったくのない様子で大声をあげた。

「ねぇ、どうしよう」

部屋係たちが休む四畳半で、梅乃は紅葉とお蕗に相談をした。

「だから、家を出るんで金を持ち出したんだろ。素寒貧じゃどこにも行けないもの」

お蕗はあっさりと言った。

「それにしたって、大金よ」

「木場でも名の知られた材木屋なんだろ。それぐらいあるんだよ。扱うものが大きいんだし」

紅葉も分かったような口をきく。

「犬も食わないって夫婦喧嘩だ。ほっといたらいいんだよ」とお蕗。

「市さんに貸してやればいいのにね」と紅葉。

「だって、二人は仲悪そうだよ」

「まぁ、女姉妹はなかなか難しいんだよ。うちは四姉妹に弟でね、上のねぇちゃん二人が年子だから、なにかと張り合って大変だった」

お蕗が言った。

「そっか。一番下が男の子かぁ。そりゃあ、めでたい」

紅葉がいものしっぽを食べながら、にやりと笑った。

「おとっつあんがどうしても男の子が欲しいっていったからさ。五番目にやっと息子が生まれたんだよ。生まれたときは、もう大喜び。親戚もいっぱい来たよ」

「お蕗さんの家、お金持ちだったんだね」

梅乃は無邪気に言った。

男の子が生まれたといって親戚中喜ぶのなら、それなりの家だ。

紅葉がちっと舌打ちし、お蕗が一瞬、目を泳がせたので、梅乃はしまったと思った。

如月庵では、どういう生まれ育ちで、ここに来るまで何をしていたのかについて聞かないというのが、暗黙の了解だ。

梅乃は火事にあって姉とはぐれて、お救け所にいたところを、おかみのお松に声をかけてもらった。

しかし、この程度では事情の内に入らない。

仲良しの部屋係の紅葉は押し込み強盗とかかわってしまったし、仲居頭の桔梗は老中の娘で藩をゆるがす騒動に巻き込まれた。記憶力抜群の樅助にも事情があった。

ともかく、如月庵の人は、それぞれ秀でた技があり、それがこの宿のもてなしを支えているのだが、その技ゆえ、いろいろな事情を抱えているのである。

なぜ、そんな人たちが集まったのか。

集まってしまったのか、それとも集められたのか。

そのあたりは謎である。

「よし、分かった。じゃあ、あたしが木場の家に行って見て来るよ。それで、話をつけてくる」

紅葉が言った。

「だめだよ。いいよ」

梅乃は止めた。紅葉が加わったら、とんでもないことになりそうだ。話をつけるとは、どうするつもりだ。

「だって、梅乃は部屋を離れられないし、お蕗さんも仕事がある。あたしのお客さんはさっき帰ったから手が空いているんだ」

「そうだね。見てきた方が安心だよ。木場までひとっ走り行っておくれよ」

「遠いよ」

「大丈夫って。あんたは、三人をしっかりと見張ってな」

紅葉は立ち上がると、出て行った。

離れに行くと、三人は「おいしいわ」「おいしいわ」と言いながら、食べていた。

鯖は脂が強いし、独特の臭いがあるから敬遠する女の人もいる。杉治はたれに柚子をたっぷりと加えて、臭いを抑え、さっぱりと食べられるように工夫している。女の人の好物は芋栗南京と昔から決まっている。杉治は女の客には、このどれかを必ず入れる。

梅乃と紅葉が拾った庭の紅葉もきれいに洗って、彩りに使われていた。お腹がいっぱいになっても、まだ目が食べたいという膳である。

突然、桐が箸をおいてたずねた。

「ねぇ、さっき二人で何、話してたの」

「なんでもないわよ。なんで、そんなことを聞くの？」

市が答える。

外で立ち聞きしていたんじゃないの？

疑わしそうな目で市は桐を眺めた。桐はそれを無視して話を続けた。

「だってさぁ、急に来るなんておかしいじゃないの。市は店があるからって、死んだおとうちゃんとおかあちゃんの法事だって、ろくに顔を出さないのにさ」

桐が追及した。

「そうだけどさぁ」

市は口ごもる。

「お客の減る夏場ならともかく、今は、料理屋は忙しいときじゃないの？」

桐は詰め寄る。

「あら、桐ねぇちゃんこそ、なんで、ここに来たのよ。繁太郎さんのご飯はいいの？」

「今日は寄り合いがあるから、帰りが遅いのよ」

「ふうん」

それから、二人は黙り、食べること、飲むことに専念した。

部屋は火鉢の火がよくおこって暖かい。だが、それ以上に二人の間は熱いようだ。

桐がまた突然に言った。

「市はさ、粂ねぇちゃんになんかねだりに来たんでしょ」

「なによ、それ」

図星を指された市は顔を赤くした。

「だって、あんたは昔っから、おとうちゃんやおかあちゃんにねだるのが上手だったもん。あたしが七つのお祝いに買ってもらったかんざしを見て、自分も欲しいってだだこねて買ってもらったこと、あったよね。あんたは、自分の七つのお祝いにも、ちゃんと新しいのを買ってもらった」

「いくつの時の話をしているのよ。そんなこと、忘れたわよ」

市は桐をにらむと、鯖の柚香焼きを口に運んだ。

「だいたい、あたしは真ん中だから、いっつも割をくっているのよ。粂ねぇちゃんは長女だからなんでも一番でしょ。ひな人形だって大きいのを買ってもらえた。あたしは、二つも同じものを買うことはないって言われて、箪笥にのるようなものになった。市のときは、三番目だからって新しい大きなひな人形を買ったじゃないの」

桐は勝気そうな目をきらきらと光らせた。

「あんたのひな人形は小さいけど、値は張るんだよ。凝ったつくりになっているから」

粂がなだめる。

「子供にはそんなこと分からないもの。大きい方がいいに決まっている」

桐は子芋を食べながら言った。

しばし沈黙が流れた。

今度は市が口火をきる。

「あたしこそ言いたいわよ。三番目なんていいことない。おとうちゃんは本当は男の子が欲しかったのよ。だから、あたしが生まれたとき『また、女か』ってがっかりしたのよ」

「そんなことないよ。おとうちゃんはあんたたちのことを、ちゃんとかわいがっていたよ。桐も市もくだらないことで喧嘩するんじゃないよ」

「どこがくだらないのよ」

条の言葉に桐と市が声を合わせた。

「おねぇちゃんこそ、いつも特別扱いだから、あたしたちの気持ちが分からないのよ。おとうちゃんは、おねぇちゃんに紅屋を継がせるって早くから決めていたでしょ。家付き娘だもん、そりゃあ、みんなに大事にされるわよ」

桐が頬をふくらませた。

「そうよ。長女は別格よ。家を継ぐんだもん。あたしたちはどうせ、いつか家を出ちゃう。嫁入り道具もそろえなくちゃならないし、まぁ、金ばっかりかかるっておとうちゃんはなげいていたわ」

二人が声を荒らげるので、さすがの梅乃も居づらくなった。空いた器を持って退散した。

杉治はまた、昔のことを思い出していた。

厨房は、屋敷内のできごとを探るには絶好の場所だった。来客の有無、当主や奥方の健康状態がよく分かった。

最初の当主は六十代だった。

機嫌が良いと酒が進んだが、疲れているときは食も進まず、すぐに寝所に向かった。病のことは屋敷内の者にも伏せられていたが、少しずつ食が細くなったので杉治はずいぶん早くから気づいていた。汁と白飯しか口にしなくなると、公には姿を見せなくなった。

当主が死ぬと、長男が跡を継いだ。

三十代の若い男だった。

食欲が旺盛で、天ぷらやうなぎの蒲焼きを好んだ。杉治は朝餉の塩鮭を脂ののった部位に替えて喜ばれた。

口取り肴というのは、吸い物とともに最初に出すかまぼこや酒の肴などの小さな皿盛りである。

杉治はこの口取り肴で客が最初に手を出すものに着目した。

酒好きなら塩辛や珍味などに手がのびる。甘く煮た豆なら甘い物好き。甘辛く煮たかつおならご飯好き。大方の予想がつく。

給仕をする者に、そこだけを見てくれるよう頼んだ。

最初は面倒がられたが、お客の好みが分かると、こちらも心づもりができる。酒好きなら酒を勧めるし、ご飯好きなら早めに飯を用意する。お客からは気が利くと喜ばれ、給仕たちも協力するようになった。

杉治はそうした工夫が面白く夢中になった。

だが、ある日、たずねて来た者に言われた。

「やりすぎるな。愚鈍と思われるくらいでちょうどよい」

はじめて見る顔だった。

どうして、そんな細かいことまで知っているのか不思議だった。

自分は見張られている。

そのとき気づいた。

梅乃がお茶とわらび餅を持って行くと、三人は食事がすんだところだった。

「まぁ、おいしそうなわらび餅。だけど、もう、お腹いっぱい、入らないわ」

桐が言った。

「だったら、あたしにちょうだい」

市が手を伸ばした。

「嫌よ。あんたにはやらない」

桐はあわてて自分の口に運んだ。

「けち」

市が口をとがらせた。

「だいたい、あんたはそうやって、なんでも、人のものを欲しがるのよ。貞四郎さんの話だって、最初はあたしのところに来たんだから」

「また、その話？　だって、おねぇちゃん、あんまり乗り気じゃなかったじゃないの」

「そりゃあ、そうよ。料理屋なんかに嫁に行ったら大変だもの。お客への挨拶とか、仲居さんの采配とかあるわけだし」

「あたしだって、別に何とも思っていなかったわよ。だけど、先方が桐さんじゃなくて市さんをって言うから」

市が挑発するように言うので、桐の目が一瞬、吊り上がった。

梅乃はまた、耳をふさぐ。

ふさぐけれど、話は聞こえてくる。

「桐ねぇちゃんだって、貞四郎さんが気にいっているなら最初からそういう顔をすればいいのよ。いっつも桐ねぇちゃんは、そう。もったいぶってお高くとまっているの。何にもいりませんって顔をするけど、本心は違うの。そういうところが腹黒いのよ」

「腹黒いってなによ、あんた」

桐の顔が赤くなった。

「あたし、繁太郎さんは桐ねぇちゃんみたいな人といっしょになって気の毒だなって思っていたのよ。一度でも、お疲れ様とか、お仕事ご苦労様とか、いたわってあげたことある? 桐ねぇちゃんはいつでも人に何かしてもらうことばっかり期待して、自分からしてあげることがないんだから」

市の言葉に桐は黙ってしまった。

「そりゃあ、繁太郎さんは役者顔ってわけにはいかないけど……。でも、ああいう風に若い時から老けて見える人って、年を取っても変わらないの。若見えなのよ。今、ええっと……」

「三十八よ」

「見えないわよ。髪だって黒々しているし。あの人は年上にはかわいがられるし、年下には慕われる、そういう人よ」

「なによ、あんた、やけに繁太郎の肩をもつじゃないの」

桐が反撃に出た。

「だって、いい人だもの。やさしいのよ。あたしが前に寝込んだことがあったでしょ。体が温まるからって生姜糖(しょうがとう)を送ってくれたことがあるの」

「知らなかったわ……」

「文に昔から手足が冷えて辛かったけれど、これを飲んだら良くなりましたって書いてあったわ。木場って川が目の前だから冷えるのよね」

「ふうん」

桐は不満そうに口をへの字に曲げる。

「それから、おとうちゃんの七回忌のとき。お寺の石段がたくさんあるでしょ。うちの亭主もねぇちゃんたちもどんどん先に行って、あたしとおかあちゃんは最後になった。そうしたら、繁太郎さんが『大丈夫ですか、ゆっくりでいいんですよ。まだ時間はありますから』って。おかあちゃんの手をひいて、いっしょに石段をあがってくれたのよ」

「そんなことあったかしら」

「そうよ。だって、桐ねぇちゃんは繁太郎さんのこと、全然大事にしていないもの。

見て分かる。口では、ていねいなことを言っているけど、心がない」

桐の眉根が寄った。

「ねぇちゃんはいつまでたっても、岩松さんのことが忘れられないのよ。岩松さんはとっくに死んじまったのにさ。かわいそうに、繁太郎さんだって死んだ人と比べられたら勝ち目はないわよ」

ひやあ。

梅乃は心の中で叫ぶ。

なんだか、核心をついた話になって来てしまった。

「こら」

粂は市の袖を引いた。

「たしかに岩松はおとうちゃんも期待していたけど、別に約束をしていたわけでもないし。死んだのはもう十年も前なんだからさ」

「だからじゃないの。いつまでも桐ねぇちゃんは、若くてきれいな二十の岩松さんのことを忘れられないんだ。いつまでも死んだ人のことをぐずぐず思って、自分がどんなに恵まれているか気づいてないのよ」

辛らつだ。

「ううむ」

桐はうなった。

梅乃は床の間の三匹の猿に目をやった。目と耳と口をしっかりと押さえて固まっている。

突然、大声をあげて桐が泣き出した。

「いいよ。分かったよ。だから、あたしがみんな悪いんだろ。そうやって、みんなあたしのことを責めるんだ」

粂がおろおろとした。

「言い過ぎだよ。あんた、夫婦のことをずけずけと」

市はきょとんとする。

「何があったの」

「繁太郎さんに女ができたんだよ。相手は近所の酒屋の娘さんで、年は十八。それで、いたたまれなくて家を出て来たんだってさ」

「へぇ、繁太郎さんも見かけによらず、やるじゃないの」

「なんだよ。面白そうに言うんじゃないよ。ばか」

桐は市につかみかかった。

「お客さま。おやめください」

止めに入った梅乃は、はじきとばされ、部屋の隅にある桐の風呂敷包みにぶつかった。その拍子に風呂敷が転がり、ほどけた。

きらきらと光っているのは小判だ。銀の小粒が砂のように散らばっている。

こんな大金、梅乃は見たことがない。

「あ、お客さま」

梅乃はあわてて飛びさがった。

立ち上がると着物をはたいた。小粒がついていたら大変だと思ったからだ。

「申し訳ありません。あの、私は手を触れませんから、お金はお客さまで集めてくださいませ」

「いいよ。いいよ。あんたを疑っているわけじゃないから」

粂が言う。

「お茶を持ってまいります」

あわてて部屋を出た。

3

玄関に行くと、紅葉と縦助がいた。

「あんた、なんでまだここにいるのよ。木場に行ってくれたんじゃないの？」

梅乃は思わず詰め寄った。

「だって縦助さんがさぁ」

紅葉が口をとがらす。

縦助があきれた顔で言った。

「お前たち木場に行くって簡単にいうけど、どんだけ離れているのか分かってんのか？　深川（ふかがわ）のもっと先だぞ」

紅葉の足では一時はかかってしまう。

「だけど……」

梅乃は思わず口をとがらせた。

「安心しろ。山代屋さんには急ぎで使いを出している。おかみさんはこちらにいらっしゃいますってな。先方にはとっくに届いているよ」

「でも、どうして、そんなこと……」

梅乃はたずねた。

「桐さんが駕籠でここに着いたときな、なんか、あわててるっていうか、普通じゃない感じがしたんだよ。風呂敷包みも着替えにしちゃ重そうだ。供も連れていない。それで、梅乃に何か言っていなかったか聞いた。そしたら、梅乃は答えた……」

ご亭主ともめたようです。

「まぁ、そういうときはだいたい腹いせに、金目のものを持ち出すんだよ。ご亭主もあわてているだろうから、居場所だけは伝えたんだ」

縦助は種明かしをした。

「もしかして、浅草の川端屋さんのほうも、ですか」

梅乃はたずねた。

「もちろんだよ。怪しいって言ったら、市さんのほうだね。料理屋のおかみが店の忙しい夕方に来た。しかも、荷物は何もなし。あのかつお縞の着物は粋だけど、今の季節には少々寒そうだよ」

縦助は答えた。言われてみればとっくに綿入れの季節なのに、市の着物は単衣だった。綿入れをするとぼてぼてして太って見えるので、料理屋のおかみのような人は嫌うのだろうとなんとなく思ってしまった。

「まぁ、お迎えもおっつけ来るだろうから、三人には楽しく過ごしてもらいなさい」

「はい。ありがとうございます」

本当の下足番とは、縦助のような人のことを言うのだ。

常連のお客さんは手厚くもてなし、怪しげな人は追い返す。ことが起こらないように先回りして手配をする。

梅乃はほっと安心して、何度も礼を言った。


廊下の端におかみのお松が立っていた。

「火鉢の炭を持って行きな。それから、ちょっと寒いですけど風を入れましょうって、障子を開けるんだよ」

梅乃は離れに行くと、お松に言われたとおり、火鉢に炭を足し、風を入れた。

「ああ、気持ちのいい風だ」

粂が言った。

「寒いわよ」

桐が口をとがらせた。

「そんなこと、言わずにさ。空を眺めてごらん。星がきれいだよ」

粂に言われて、桐と市が縁側にやって来た。

暗い空に星が光っている。

「花火がきれいなのは、この暗い空があるからだよ。あたしたち花火屋が大事にしなくちゃならないのは、暗い空なんだよ。華やかな祭りの日の空じゃなくってさ」

粂が言った。

「なによ、ねぇちゃん。分かったような口をきいちゃってさ。あーあ。たった二、三日のために一年を生きるっていうのも、悪かないよねぇ。三社祭に散財しちゃう貞四郎さんがちょいとうらやましい」

桐が言った。

「へえ、桐ねぇちゃんがそんなことを思うんだ」

「そうよ。今だから言うけど、あたし岩松さんと約束していたのよ。今年の花火大会ではいい花火をあげたいんです。自分の力で立派な花火があげられたら……。そうしたら、旦那さんに桐さんとのことを許してもらいますって」

「ひゃああ」

市が大げさに叫ぶ。

「そんな話になっていたのかい」

粂は低い声でつぶやいた。

「そうよ。そのひと月後にあんなことがあってさ。だけどね、今でも思うのよ。あのひと月はあたしが本当に生きていた時間だった。あのひと月がなかったら、あたしの三十五年はつまんないものになっていた」

桐は突然立ち上がると、叫んだ。

「祭りも花火もなくて、なんの人生だぁ」

「大きな声を出すんじゃないよ。みっともない」

粂がたしなめる。

「それじゃあ、繁太郎さんがあんまり気の毒よ」

市がつぶやく。

「よし、今、決めた。繁太郎を許してやる。しょうがないよ。好きになっちゃったんでしょ。みんな捨ててもいいと思うくらい惚れたんだ。あいつも花火あげたんだ。さっさと出ていけ、それで幸せになれ。ばかやろう」

桐は豪快に笑い、風呂敷包みを取り出した。

「このお金、市にあげる。お金ないと、川端屋は人に取られちゃうんでしょ。いいよ、使ってよ」

「あたしと粂ねぇちゃんの話、聞いてたの？」

「うん。ちらっとね。だってさぁ、あんたの話を聞いてたら、そりゃあ、危ないと思うわよ。あんた貞四郎さんに甘いんだから」

桐に言われて市は子供のように舌を出した。

「ありがとう。でも、いいよ。いらない。どうせ、焼石に水、あの人、使っちゃうもん。それにさ、今まで、これだけ散財して来たから、お金はないけど、人の財産はあるの。あたしたち夫婦と子供たちが暮らしていくらいの算段はつけてもらえるのよ。大丈夫、安心して」

「そうなの」

「そりゃ、今まで通りってわけにはいかないけど、なんとかなるでしょ」

「そうかい」

そう言って三人は黙った。

静かに空を眺めている。

梅乃が玄関に行くと、樅助と話をしている黒い人影があった。

「ああ、梅乃、いいところに来た。山代屋さんのご主人だ。離れの方は落ち着いたかい？」

「今、三人で空を眺めていらっしゃいます」

「では、ちょっと失礼して部屋にうかがわせていただきます」

繁太郎は桐が言っていたような真面目一方で話のつまらない男には見えなかった。大店の主人らしい落ち着きと包容力が感じられる、渋い大人の味わいがあった。

「お恥ずかしい話ですが、道を踏み違えそうになりました。向こうのご両親とも娘さんともよく話し合いました。祭りは終わったんです。そのことを伝えに来ました」

繁太郎と桐は二人きりで話し合った。ゆっくりと時が過ぎて、繁太郎と桐は静かに帰っていった。

梅乃が火鉢の炭を足しに行くと、市と粂がお茶を飲んでいた。

「結局、なんやかんや言っても、桐ねぇちゃんは繁太郎さんのことが好きだし、繁太郎さんも桐ねぇちゃんが好きなのよね」

どうやら、二人は元のさやに納まったらしい。

「あんた、今晩はどうするんだい。ここに泊っていくかい」

「ううん。帰る。亭主にお金の算段はついたって言わないとね」

「そうだね。繁太郎さんのおかげだね。あとでちゃんとお礼を言いなよ」

「うん」

市は素直にうなずく。

梅乃は床の間をそっと見た。

見ざる言わざる聞かざるの三匹の猿は仲良くくっついて笑っていた。

第二夜

眠る男、眠れない男

1

如月庵で一番の早起きは板場の見習いの竹助である。まだ暗いうちに起き出して、水をくみ、火をおこす。

次に起きて来るのは板前の杉治で、裏庭で自ら考案したという手足の鍛錬を行い、途中から仲居頭の桔梗が加わり、小柄と体術の稽古をする。そのうちに下足番の樅助も起きて来て、乾布摩擦（かんぷまさつ）をはじめる。

その頃には梅乃たち部屋係や男衆も次々起きて来る。

最後まで布団にもぐりこんでいるのは、紅葉だ。

「あと少し。もうちょっと」

「いい加減にしな」

部屋係のお蕗に布団をはがされる。

しかし、それからは早い。

あっという間に着替えをすませ、顔を洗い、手鏡をのぞいて髪を整え、ほんの少しだけ紅をさす。そして、梅乃を急かしながら箒を抱えて表通りに走るのである。

剣道の朝稽古に向かう城山晴吾が坂道を上ってくる。紅葉は毎朝、晴吾におはようと言うために通りの掃除を買って出ているのである。

晴吾は旗本の嫡男。頭脳明晰で明解塾という和算塾で師範代を務める一方、熱心に剣道の稽古も続けている。鼻筋が通った色白で品のいい顔立ちである。

その晴吾に、梅乃たちはお松の言いつけで和算を習っている。何度教わっても間違える二人に、晴吾はていねい親切に教えてくれる。

紅葉が憧れるのも無理はないのだ。

やがて、すらりとした晴吾の姿が見えてきた。長身の晴吾の脇には十歳の真鍋源太郎もいる。

「晴吾さん、源太郎さん、おはようございます」

紅葉は元気のいい晴れやかな声で挨拶をする。

「おはようございます。いつもご苦労様です」

晴吾はさわやかな声で挨拶を返す。

「お稽古、頑張ってくださいね」

紅葉は二人の後ろ姿に声をかける。

しっかりとした足取りで二人は坂道を上っていく。

その姿が少しずつ小さくなり、角を曲がって消えた。

「あーあ」

紅葉は切ないため息をついた。

「もう、今日の仕事は終わった気がする。なんか、もう、いい。すっかり気が抜けた」

箒を抱いて地面に座り込んだ。

「なに言っているのよ。だめよ、ここで休んだら。まだ、掃除は半分も終わっていないんだから」

梅乃は口をとがらせた。

紅葉は渋々と立ち上がると、うらめしげに木立を見上げた。

「ほんとに毎日、毎日、よく、飽きもせずに葉っぱを落とせるもんだわ」

みずみずしい若葉が目を楽しませてくれた山法師（やまぼうし）や楓も、秋になると茶色の葉を落とす。一年中緑のはずの松でさえ、枯れた細い葉が散って来る。

「ね、今日は忙しいんだからさ。ほら、ほら」

梅乃は急かした。

この日、如月庵に狂歌師（きょうかし）、古家雨漏（ふるやあまもり）がやって来るのだ。

今、江戸で古家の名前を知らない者はない。

一番有名なのは、

「おそれ入谷の朝顔豆腐。おかかのやっこで酒と飯」という句だ。

おかげで入谷の料理屋が大繁盛した。

古家は狂歌はもちろん、話も上手だ。それ以上に本人が面白い。

さる大名家に呼ばれたけれど、使いの者の言い方が気に入らないと怒って帰した。

ところが、気骨のある奴だと大名に気に入られ、宴に呼ばれて狂歌を披露した。

吉原の太夫のために狂歌をつくり、太夫の名はいっそうあがる。

逸話にはことかかない。

神田生まれの江戸っ子で、気が短くて喧嘩っ早い。

やることなすこと型破り。次は何をやってくれるのかと目が離せないのである。

その雨漏が、今度は、一日で千首を即興で詠むという。

昼からはじめて夕刻には終わるとしたら、ともかく息もつかず、次々詠まなくてはならない。

とても人間業とは思えない。

いや、古家雨漏ならやってくれるに違いない。

世間は、その噂でもちきりだ。

千首詠みの会は三日後に迫り、家ではゆっくり休めないからと、三人の弟子とともに如月庵で英気を養うという。

おかみのお松は掛け軸や置物に心を配り、板前の杉治は献立に頭を悩ます。仲居頭の桔梗はいつも以上に念入りに掃除をするよう、部屋係に命じた。

そうやって準備万端整えて、雨漏を待っている。

「だけどさぁ。あの『おそれ入谷の朝顔豆腐』って句、そんなに面白い？　みんなが騒ぐほどじゃないよね」

落葉を掃きながら紅葉が言った。

「えー、そうかなぁ」

昔から、おそれ入谷の鬼子母神という。入谷といえば朝顔市で、朝といえば豆腐だ。豆腐にかつおぶしをかけるのと、女房のかかをかけた……と、解説してしまうと面白くもなんともない。

入谷のある店で豆腐を食べていたら、店主がなにかお願いしますと短冊を持って来た。即興で書いたのがこの歌で、なるほどと膝を打った店主は、以後、自分の店で出す豆腐を朝顔豆腐と呼ぶことにして、この句を表に大きく大書した。

以来、店はすっかり有名になり、お客もたくさん来て繁盛したのである。

「結局、古家雨漏だからいいんだよね。あの人がやれば、なんでも面白いんだよ」

紅葉はぶつぶつとつぶやいた。


古家雨漏は荷物も持たず、ひとりでふらりとやって来た。

「この度はお世話になるよ。荷物は後から弟子たちが運んで来るからね」と言った。

五十をいくつか出ているらしい。痩身で手足が長く、少し猫背だ。あごが長く、切れ長の目をしている。色っぽいという人もいるらしいが、間近で見ると眼光鋭く、癇の強そうな顔をしていた。

雨漏は次の間のある離れに泊り、桔梗と梅乃が部屋係となる。弟子の三人は二階の小さめの客間を使い、紅葉が担当することとなった。

「ほお、明るくて広くて気持ちのいい部屋だ」

離れに案内された雨漏はぐるりと見回して言った。

「なるほど、掛け軸は酉の市か」

酉の市は霜月、師走の酉の日に行われる祭りで、掛け軸は熊手の露店とそれを求める人々を描いたものだ。

「熊手で運をかき集め、商売繁盛、開運祈願ってか。めでたいねぇ」

梅乃が説明するより早く、雨漏は言い当てた。

床の間には、犬張り子に竹笊とすぼめた傘をかぶせた「笊かぶり犬」の人形も置いている。

犬張り子は子供のお祝いに贈る人形だ。笊は風邪をひいても鼻の通りがいいように、すぼめた傘はできものの瘡が小さくなりますようにという願いをこめたものだ。

「犬の字に笊の竹冠をのせると、笑いという字に似るんだね。たくさん笑ってもらってくださいって洒落か。おかみに、お気遣いありがとうと言ってくれ」

こちらもすぐに謎を解く。雨漏は上機嫌だ。

「じゃあ、ここで、ゆっくりさせてもらうよ」

雨漏は床の間を背にして座った。

「悪いね。世話になるよ。なにしろ、室町の家は客が多くてね。ゆっくり考え事もできねぇんだ」

女房と子供のいる深川の家にはほとんど戻らないらしい。ふだんは室町の仕事場で暮らしている。表がそば屋だから、食事はすべてそば屋ですませ、そのほかの家のことは弟子がするという。

梅乃がお茶をいれて一息入れていると、三人の弟子が姿を現した。

「師匠。荷物はどのように致しましょうか」

三人の弟子はうかがいを立てる。

「なんだ、おめえら、礼儀がなってねぇなぁ。これから三日間お世話になるんだ。まず、部屋係さんに挨拶をするのが最初だろう」

一喝する。

「申し訳ありません」

三人は床に額をこすりつけた。

兄貴分らしいぐりぐりと大きな目をした男が目刺し(めざし)、ずんぐりとしたにきび面が炬燵(こたつ)、やせてどこか飄々(ひょうひょう)としてつかまえどころがないのが一番の新入りのそうめんだと名乗る。それぞれの特徴をつかんだ名づけ親はもちろん雨漏である。

三人の弟子は荷車にのせて運んできた荷物を離れに運んだ。まず書物がある。それに着物、そのほか、何が入っているのかよく分からない風呂敷包みと柳行李だ。引っ越しかと思うほどの大荷物で、それらをおくと十畳に次の間のついた離れの部屋はかなり狭くなった。

「なんだ。せっかくの部屋が雑然としちまった」

雨漏は舌打ちした。

「ねぇさん、ものは相談だけどさ、二階に、もう一部屋借りられないかねぇ。そっちは俺の仕事部屋にするから。なに、狭くていいんだ。いや、狭いほどいい。窓なんかなくていいから」

「あ、はい。そうですか……。分かりました」

桔梗に相談すると、桔梗はすぐ二階の小部屋を一つ用意した。

「おい。すぐ、この荷物を二階に運んでくれ。室町の俺の部屋と同じように置くんだぞ」

雨漏に命じられて、三人はまた汗をかきながら荷物を二階に運んだ。

そうこうしていると、お客が来た。

今回の千首詠みの発起人の一人だ。

「まあだ、三日もあるじゃないですか。ちょいと天気もいいですから、外に出ませんか。池之端にね、面白い店がある。ぜひ、ご紹介したい方もいるんですよ。物知りで、まぁ、気風がいい。会って損はない」

「そうか。よし、じゃあ、ちょいとでかけるか。夕方には戻って来るから。お前たち留守はたのんだよ」

雨漏は気軽に腰をあげる。

「ああ、そうだ。お前ら、その間に用事をすませてくれ」

「へぇ」

三人は声をそろえる。

「まずな、千首詠みで着る着物を出して、しみとかなんかないか、もう一度、よく見ておけ」

「へぇ」

「それから足袋（たび）だ。新しいやつを注文して来い。五枚こはぜは長い時間座っていると、足首が痛くなるんだ。新しいのは四枚にしてもらえ」

「へぇ」

「えっと、それから、室町の家を出るとき、裏の壁にねずみの穴みたいなもんを見つけたんだ。ほっておくとまずいから、埋めておいてくれ」

「へぇ」

「俺は、朝食べる海苔（のり）はな、江戸屋（えどや）の海苔でないと落ち着かねぇんだ。一つ買ってきてさ、朝飯につけてくださいって板さんに頼んでくれ」

「へぇ」

「それから伊勢屋で饅頭を二十個ばかり。宿の方々にね、よろしくお願いしますと言って渡すんだよ」

さらに十件ほど、次から次へと弟子たちに用を言いつける。

よくもまぁ、こんなに思いつくものだと、梅乃は感心した。

三人の弟子は玄関に並んで座り、雨漏を見送ると、頭を寄せて相談をはじめた。

「じゃあ、炬燵は深川だな。医者と足袋屋に回って帰りに伊勢屋で饅頭を買って来い。そうめんは室町に回って忘れて来た本を取ってくると……。えっと、なんだったっけ」

「髪結いさんです」

「そうだ。髪結いにこっちに来てもらえるよう頼め。俺は、ここで着物とか、そっちをするから。間違えるんじゃねぇぞ。師匠に怒られるから」

炬燵とそうめんはすぐに出かけ、残ったのは目刺しである。

安心したのか「ほうっ」と、大きなため息をついた。

考えてみたら、三人は着いてから休む間もなく働いている。

「ごくろうさまです」

梅乃は男に声をかけた。

「ええ、まあ。こういうのは慣れてますから。師匠は小さな仕事をきっちりやれない者に大きな仕事はやれないというお考えなんですよ」

「修業なんですね」

「いや、まぁ、でも、どうかな。師匠は洒落がきついから。だって、こんなこと、いっくらやったって狂歌がうまくなるわけじゃないですから」

目刺しはあははと大きな口を開けて笑った。


蜘蛛茸のことをしゃべってしまったのは、失敗だった。

杉治はほぞをかんだ。

翌日、桂次郎はすぐまた杉治をたずねて来たのだ。

「昨日うかがった蜘蛛茸のことですが、宗庵先生にたずねてみました。先生は以前、話に聞いた、黄泉の国茸ではないかとおっしゃるんです」

「それはどういうきのこなんですかい」

杉治はもう、この話はおしまいにしたいと思いながら聞いた。

「強い毒があって、食べた人は体がしびれて死んでしまいます。その毒は干しても、酒に漬けても消えません。とてもめずらしいし、危ないので、ごくわずかな人しか知らないものなのだそうです」

「いや、それとはまた違うようですねぇ」

「そうですか」

「きのこは成長するにつれて大きく姿形を変えるものもあるから、難しいんだよねぇ。地質によっても違ってくるし」

嘘をついたり、人をはぐらかすときにしてはいけないことの一つが、しゃべりすぎることだ。うっかり、杉治はそのことを忘れてしまった。

「杉治さんはきのこについても詳しいんですねぇ。驚きました」

桂次郎はもっと詳しい話を聞きたいというように目を輝かせた。

「宗庵先生も、いっとき、きのこの研究をしたことがあるそうなんです。体がしびれている間に怪我の治療ができないかとかね、いろいろ使い道があるんじゃないのかと。そういうことを考えたそうです」

「いや、俺は、山育ちだから、自然と詳しくなったんだよ」

「どちらの生まれなんですか？」

ずぶずぶと泥の中に足が沈んでいく気がした。

「西の方でね。ああ、だけど、十五のときには江戸に来たから」

江戸のどこにいたのか聞かれたら困る。

失敗を挽回しようとして深みにはまる。

「あ。すみません。お忙しかったですよね。蜘蛛茸については、青天堂さんに聞いてみようと思っているんです。あそこのご主人も生薬について詳しいそうなので」

青天堂。

あの娘の祖父のことか。

何かひっかかる。

「じゃあ、また、何かわかりましたらお伝えします」

桂次郎はそう言って出て行った。

昼過ぎ、梅乃と紅葉が裏の井戸で洗い物をしていると、目刺しがやって来た。

「洗濯をしたいのですが、井戸をお借りできますか」

浴衣を入れたたらいには、墨で大きく古家と書いてあった。どうやら、あの大荷物の中にはたらいも入っていたらしい。

「洗濯なら、こちらでしますけど」

梅乃が言うと、目刺しは首を横にふった。

「いや、雨漏はのりの案配が難しくて。のりを強くきかせてばりっとさせたいんですけど、首のあたりは当たっても痛くないようにしたいんで……」

どうやら、細かいこだわりがあるらしい。

目刺しは梅乃たちに背を向けて浴衣を洗いはじめた。

そのとき、二匹の猫が井戸端を走り抜けた。柿の木に駆け上がると、物置の屋根に飛びおり、そのまま藪に姿を消した。

「あれ、今、猫がいたでしょ」

目刺しが叫んだ。

「ああ。いたけど」

紅葉が答えた。

「ここの猫ですか」

「ああ、うん。まぁ、そんなもんだ」

正確には如月庵で飼っているわけではなく、紅葉がこっそり餌をやっているのだ。お松や桔梗も気づいているが、猫はねずみを捕ってくれるし、爪を立てて柱を傷つけるわけではないので見逃している。

「困ったなぁ」

目刺しは眉根を寄せた。

「追い出すことはできないんですか」

「だめだよ。かわいがっているんだ」

紅葉はきっぱりと断る。目刺しは本当に困った顔になった。

「雨漏には猫がいることを言わないでくださいね。師匠は猫が大嫌いなんですよ。子年ですから。とくにこういう大きな仕事の前にはね、食われちまうって」

「縁起をかつぐんですね」

「そりゃあ、もちろんですよ。この商売は水ものですから」

そう言うと、目刺しは梅乃たちに背を向けて、雨漏の浴衣を洗いはじめた。

浴衣は雨漏の名にちなんだものだろう。蛇の目傘に滝縞(たきじま)と呼ばれる斜めの細い線が入り、桜の花びらが散った絵柄だ。名のある絵師に下絵を描いてもらったものではなかろうか。藍の色が鮮やかで、細い線まできれいに出ている。

目刺しはたらいに水をくむと、ふのりを溶かした。何度も濃度を確かめて、きれいにたたんで裾の方から入れる。衿元だけはふのりを少し足している。

衿元はぴしっと決める。ただし、のりが強すぎると首が痛くなるので慎重に。

手でとんとんとたたいて干すと、目刺しはしみじみと眺めた。

「本当は朝の仕事なんですが、今日は遅くなってしまった。生乾きで取り込むようになると、ぴんとしないでしょ。また、明日やり直さなくちゃならない。心配だなぁ」

大きなため息をついた。


笑いを仕事とする人は、ひどく内気でほとんど口をきかないとか、気難しいかんしゃく持ちだなどと聞いたことがあるが、雨漏もその伝にもれないらしい。

梅乃たちの前でも偉ぶらない。お客には機嫌よく接する。

その分、弟子たちには厳しい。

夕方、雨漏が戻って来た時だ。

お茶を運んでいた梅乃は離れの部屋から聞こえてきた怒鳴り声に震え上がった。

「おい、てめぇ。何を聞いてたんだ」

「すみません。すみません」

悲鳴のような声が聞こえた。

部屋の前に行くと、目刺しとそうめんがそっと襖の隙間から部屋の中をのぞいている。

「目刺しさん」

梅乃が声をかけると、二人は飛び上がった。

「ああ、なんだ。部屋係さんじゃないですか。驚かさないでくださいよ」

「どうしたんですか」

「炬燵のやつ、足袋の注文を間違えちまったんですよ。師匠に今回はいつもの五枚こはぜじゃなくて、四枚にしてくれって言われていたのに、何を考えていたのか、六枚こはぜを注文した」

そんなにこはぜがたくさんあったら、ふくらはぎまでしまって痛くなりそうだ。

「足袋屋も驚いたっていうんですよ。ちょっと考えればわかるのに」

目刺しが真顔でつぶやく。

「あの人は思い込みが激しいんですよ」

そうめんはどこか他人事である。

その時、突然襖が開いて炬燵が部屋を飛び出て来た。顔を真っ赤にして半泣きだ。

「兄さん。すみません。これから深川に行って直してもらいます。後のことはよろしくお願いします」

そう言うと、部屋を出て行った。

「なんだか、かわいそうになっちゃった」

梅乃は板場に行くと、思わずそうつぶやいた。

「弟子がいちいちへいこらするから、師匠が調子にのるんじゃないの」

紅葉が言うと、汁の味を見ていた杉治が笑い出した。

「まぁ、修業というのはそういうもんだよ。理不尽なこともあるけど、素直に従うもんなんだ」

「杉治さんもそうだったの？」

梅乃はたずねた。

「ああ、もちろんだよ。俺が最初いたところは何人も職人がいたからね。仕事は教わるんじゃない、盗むもんなんだなんて言われたよ」

そう言いながら、杉治は竹助には魚や野菜の下ごしらえをあれこれと教えている。

「てめぇで苦労したからさ、竹助にはそういう思いをさせたくないんだ」

にやりと笑った。

その日の夕餉は酒好きの雨漏に合わせて、塩辛など酒の肴を小皿で用意した。カッとなって怒るが、雨漏の機嫌はすぐ直る。

「お、うまそうだねぇ」と相好をくずして、ちびりちびりと飲みはじめた。頃合いを見計らって膳を運ぶ。

　この日はすずきの蕪蒸しでぎんなんやにんじん、三つ葉が入って彩りが華やかだ。芝えびのかき揚げに、まいたけと三つ葉のごま和えである。

　半分も食べないうちに、三人連れのお客がやって来た。

　今度はご贔屓(ひいき)の旦那衆であるらしい。

「いや、ちょっとお顔を見にね」

「おや、お食事中でしたか。こりゃあ、気の利かないことで」

「いや。いいんだ。いいんだ。それに、ここの料理はなかなかうまい。軽く酒でもいかがかね」

　そんな会話があって、お客たちも雨漏といっしょに酒を飲むことになった。

「杉治さん、お客さんの分もお膳を用意できますか?」

　この前のこともあったので、梅乃が恐る恐るおうかがいを立てると、「あいよ」と答える。どうやら、お客が来ることは織り込み済みだったらしい。

　昵懇(じっこん)の間柄らしく雨漏も上機嫌だ。

　雨漏がひとこと言うと、三人は腹を抱えて笑う。

興が乗って来て、目刺しに言う。

「お前、三味線を稽古していたな。ひとつ、披露しろ」

目刺しが都都逸（どどいつ）を聞かせる。

「そうめんも芸がないのか」

言われて、影絵をはじめた。

目刺しが布を広げて幕にして、そうめんが後ろで逆立ちをしたり、盆を持って影を映す。

「獅子舞でござい」

「破れ傘でござあい」

太鼓持ちのお座敷芸でそういうものがあると聞いた。

ただし、そうめんの影絵はあんまりうまくない。逆立ちを失敗し、盆を落とす。

「しょうもねぇなあ。何やってんのか、分からねぇじゃねぇか」

雨漏が苦笑いし、お客たちは腹を抱える。

さいごは、狂歌である。

いい加減酔いが回っているから、雨漏もお客たちも調子がいい。次から次へと歌ができる。

そうやって夜更けまで飲んで騒いだ。

翌朝、昼近くなって雨漏は起き出した。

「さすがに飲みすぎちまったなぁ」

梅干を入れた番茶をゆっくりと飲んでいる。

杉治は小豆粥（あずきがゆ）を用意した。米といっしょに小豆を炊き込んだものである。

「そうか。これならのどを過ぎていくなぁ。少しでも、腹に入れとかねぇとな」

そんなことを言いながら、雨漏が粥をすすっていると、お客がやって来た。

「先生はいらっしゃいますでしょうか」

町人髷を結い、供を連れた男は、出入りの呉服屋の主人だった。供は大きな風呂敷包みを抱えている。

「いやいや。お忙しいと思いますから、ご挨拶だけで」

雨漏にたずねると、会うという。朝餉の膳を下げた。

その後も、次々とお客が来た。

家ではゆっくり休めないから、如月庵で英気を養うと言っていたのに、とんでもない。床の間には祝いの酒に、反物、あちこちの名物が積まれていく。

お茶の給仕をするのは弟子たちなので、梅乃は手間がかからないが、こんなにお客の相手をしていて大丈夫なのかとさすがに梅乃も心配になってくる。

昼餉を運びに離れに行くと、部屋の真ん中に虎の皮の敷物があった。

「なんですか、これ」

梅乃が驚いてたずねると、そうめんが申し訳なさそうな顔をした。

「ご贔屓の方が持って来てくださったんです。虎は千里を走るって」

「はあ」

昼餉のあとも、お客がやって来る。

「おい。俺は出かけているって言ってくれ」

とうとう雨漏は二階の小部屋に隠れてしまった。

2

二階の小部屋で何をしているかというと、雨漏は明日の準備をしているのである。

そのためのたくさんの書物だ。

梅乃がほうじ茶を持って行くと、雨漏は熱心に書物を眺めていた。

「ねぇさんは歌は好きかい」

「歌っていいますと……」

「和歌だよ。万葉集とか、古今和歌集とかあるだろ」

「あ、いえ、あんまり……」

「しょうがねぇなあ。でも、百人一首ぐらいは知っているんだろ」

「はい。お正月に家族で遊びます」

まだ両親が生きていたころ、父や母、姉のお園と遊んだことがある。

「坊主めくりのほうじゃねぇのか」と笑われた。

重ねた絵札を順にめくって、坊主が出たら手持ちの札を全部捨てる。姫が出たらそれをもらうというものだ。

「少しは覚えていますから」

一応は反論した。だが、上の句を聞いただけでは札が取れない。上の句と下の句の全部を聞いてから札を探した。

「狂歌っていうのは、いろいろやり方があるんだけどさ、大本は有名な昔の歌をちょいと横に転がすっていうやつなんだ」

たとえばと言って、筆をとると、さらさらと書いた。

――村雨の 露も未だ干ぬ 槇の葉に 霧立ち昇る 秋の夕暮

「百人一首にもあるだろ。寂蓮法師(じゃくれんほうし)の歌だ」

雨漏はその脇に並べて、別の歌を書いた。

――むらさめの　道のわるさの　下駄の歯に　はら立ちのぼる　秋の夕ぐれ

本歌の言葉をあちらこちらにちりばめながら、別のものに仕立てている。

「俺が考えたわけじゃねぇけどさ。なかなか面白えだろ」

にやりと笑った。

「これが狂歌というものなんですか。お客さまはこういうのを千首も詠むつもりなんですか」

梅乃は驚いたのと感心したのがいっしょになって、目が丸くなった。

「まあな」

「すごいですねぇ」

梅乃が本気で感心したので、雨漏はうれしそうに笑った。

「奥の手としてはさ、とにかく最後に『それにつけても金の欲しさよ』ってつけるってのもあるんだ。だけどさ、そんなのいくら詠んだって、だれも喜ばねぇだろ」

その通りである。

梅乃はあらためて部屋を見回した。たくさんの書物が積み重なっている。

「お客さまはこの本を全部読んだんですか」

「ああ。読んだよ。万葉集は四千五百首。古今和歌集は二十巻あって千百十一首。ほかにもいろいろある」

とんでもない数だ。

「だけどさ、読んだだけじゃだめなんだ。その時々に応じて思い出せねぇとさ」

狂歌師になるには、教養が大事だということが分かった。

雨漏のまわりには書きかけの紙がたくさん散らばっていた。

「もしかして、今、明日のために狂歌を考えているんですか？」

「いや。これはいたずら書きだね。その場で考えるからいいんだよ。お客が目の前にいてさ、面白いことを言ってくれって待っている。こっちも、こう、わあっと気分があがってくる。そうすると泉がわくんだな。次から次へと溢れてくる」

さすが当代一の狂歌師だ。

「まぁ、今度は千首もあるからね、多少の準備はしているんだ。それは、あいつらにさせている。悪いね、あいつらにも熱い茶をいれてやってくれ」

梅乃がお茶の用意をしていると、紅葉がやって来た。

「それ、お弟子さんの部屋に持って行くの？」

「そうよ」

「じゃあ、あたしもいっしょに行く」

自分が用意をすると言わないところが紅葉だ。

「だってさぁ。暇なんだよ。布団を敷くのも、掃除も自分たちでするって言うし、ご飯は簡単だしさ」

弟子には贅沢をさせないと雨漏が言うので、三人の食事は麦飯にめざしと汁、香の物である。杉治がそれではあんまり気の毒だと、煮物をつけた。

部屋に入ると、三人はそれぞれ熱心に書物を開いたり、何か書き物をしていた。

「雨漏さまの言付けで、お茶をお持ちしました」

梅乃が言うと、三人はぱっと顔をあげた。

「ありがとうございます。ちょうど、ひと息入れたいと思っていたところでした」

そうめんが言う。

「師匠が言ってくださったんですか。やさしいなぁ」

昨夜はあんなに叱られたのに、炬燵は顔を輝かせる。

「師匠のためにも、しっかりやらねぇとな」

目刺しが二人を鼓舞した。

書き物机には巻紙が広がっていて、そこに細かい字で何やら書いてある。

「明日の準備なんですか？」

梅乃はたずねた。

「そうなんです。長丁場ですからね、もし詰まってしまったら、この虎の巻をちらっと見る。そうすると、また、新しい考えが浮かぶという風にしたいんです」

朝早し、夜遅し、冬寒し、池深し……。

最後に「し」がつく語を集めているらしい。

「ふうん。これで役に立つの？　似たような言葉ばっかりだけど」

ずばりと紅葉が言ったので、三人はぎょっとした顔になった。

「え、でも、これが師匠の言いつけなので……」

答えた目刺しの目が泳いだ。

そのとき、どんどんという足音がして雨漏が部屋に入って来た。

「おい、できたか」

「はい。今、三人でやっているところです」

そうめんが答えた。

「よし、ちょっと見せてみろ」

巻紙を見た途端、雨漏の顔色が変わった。

「馬鹿野郎。ただ、たくさん並んでいればいいってもんじゃねぇんだ。こんなの、使えねぇだろ」

その権幕に弟子たちは震え上がった。

「ねぇちゃん、終わりにしのつく言葉、何か、言ってみろ」

「え、は、はい」

梅乃は口をもぐもぐさせた。

「ね、ね……」

猫と言いそうになってあわてた。雨漏は猫が嫌いだった。

代わりに紅葉が答えた。

「犬駆ける」

なんだ、それは。「し」で終わらないじゃないか。

「ほう」

雨漏がうなずいた。

「そうだよ。あんた、なかなか、筋がいいよ。な、犬駆ける。絵が見えるようだろ。犬が駆けるってのは、人も駆ける、なんかが起こっているんだ。狂歌は絵だ。頭で考えるんじゃねぇ。絵を描くんだ」

理屈をこねるのではなく、絵が浮かぶような言葉を探せということか。

「ですが師匠。これは最後に『し』がつかないですよね」

そうめんが明るくたずねた。

「ばかやろう」

雨漏の雷が落ちた。

「だから、お前らはだめなんだ。いくら『し』がついてもつまんなかったら、意味ねぇんだよ。規則破りだって、面白けりゃあ、いいんだよ。それぐらいわかんねぇのか。狂歌っていうのは、花火みたいなもんだ。あ、きれいだな、面白いなって、もう次の瞬間は消えていていいんだよ。掛け軸に書いておがむようなもんじゃねぇんだ」

雨漏は書き物机の上の巻紙を取り上げると、びりびりと引き裂いた。

「それは、昨夜から……」

言いかけて炬燵は言葉を飲んだ。涙目になっている。

「いいか。今言ったことを、もう一度考えて、一からやり直せ。俺は出かける」

出て行ってしまった。

「はあ」

三人は大きなため息をついた。

「まあ、お茶でも飲んでさ。気を取り直して」

紅葉が三人に湯飲みを手渡した。

「それにしてもさ、よくまぁ、あんな厳しい師匠について行っているよね。偉いよ、あんたたちは」

紅葉は偉そうに言った。

「みなさんは、長いんですか?」

梅乃はたずねた。

「俺は四年、炬燵は二年、そうめんは半年かな」

目刺しが言った。

「あたしが入ったときはもっといたんですよ。全部で六人ぐらいいたかな」

炬燵が指を折って数えた。

「その人たちは、狂歌師になったんですか？」

梅乃がたずねた。

「まさかぁ」

三人は口をそろえた。

「ほかの奴らは逃げ出しましたよ。弟子を何年かしたら狂歌師になれるって決まりがあるわけじゃないし。だめだって気がついたから、自分で見切りをつけたんですよ」

目刺しが言った。

「残っているのはあきらめが悪いか、ほかに行くところがないかなんですよ」

炬燵は、あはあはと気弱に笑った。

「こいつは大工の見習いだったのに、使えねぇって追い出されたんだ」

目刺しは炬燵を指さして言った。

「兄さんだって、染物屋を辞めて来たんじゃないですか」

炬燵は目刺しに言い返す。

「そうめんなんか、大きな寺の息子だったのに、逃げて来たんだ」

目刺しはそうめんを指した。

「高野山で百日修行をするはずで、もうすっかり支度をして寺を出て、そのまんまこっちに来ちゃった。ふざけた野郎だ」

「なんで、狂歌なんかに夢中になっちゃったんでしょうねぇ。やっぱり百日修行が辛かったからかな」

そうめんは他人事のようにへらへらと笑う。

「ばか野郎。厳しいったってたった三月じゃねぇか。こっちは何年かかるか、分からねぇ道だぞ」

目刺しに言われて、そうめんは首をすくめた。

「立派な寺らしくて、檀家総代が師匠のところにそうめんを返せってねじ込んできたんですよ。師匠は『この子がやりたいと言うから預かっているだけだ。こっちから頼んできてもらったわけじゃねぇ。とっとと帰りやがれ』って怒鳴った」

炬燵が言う。

そうめんは縁側の柱にしがみつき、檀家総代は顔を真っ赤にしてそうめんの腕を引っ張った。そうめんは相当頑張ったけれど、とうとう我慢できなくなって手を離した。

檀家総代もろとも、すってんころり。縁側から転げ落ちた。

「あたしはおかしくてお腹を抱えて笑っちゃったけど、師匠は笑わなかった。悲しそうな顔をしていた」

炬燵が言った。

「師匠の父上は有名な国学者なんだそうですよ。で、師匠も子供の頃から万葉集なんかを学んだ。だけど、途中で狂歌に夢中になって家を出た。父上の期待に添えなかったって、師匠は今でも申し訳なく思っているんですよ。それがあるからじゃないかなぁ。そうめんを連れ戻しに来た檀家総代の人に言ったんですよ」

――この男が狂歌師として飯が食えるようになるのか、俺は分からねぇ。ひょっとしたら名を成すかもしれねぇし、箸にも棒にもかからねぇで終わるかもしれねぇ。だけど、本気でやりてぇって言ってんだ。その気持ちだけは本当だ。俺に、五年、いや三年預けてくれ。だめだったら、ちゃんと引導を渡すから。

その話をしながら炬燵は涙ぐんだ。目刺しは首を垂れて聞いている。そうめんだけがへらへらと笑っていた。

そうめんは心の機微に疎いのか、あるいは人を食った奴なのか。

体が細くてひ弱に見えるが、図太いのかもしれない。

飲み終わった茶碗を片付けて、梅乃と紅葉が部屋を出ようとすると、目刺しが声をかけた。

「すみません。ひとつ、お願いがあるんですが」

「なんでしょう」

梅乃がたずねた。

「買い物なんです。俺たちは明日の仕込みをしなくてはならないのですが、ご存じのように次々お客様もいらっしゃるし、手が離せないんですよ。俺たちの代わりに買ってきてもらえないでしょうか」

「よろしくお願いします」

「お願いします」

三人は並んで頭を下げる。

「いいけど。遠いところは嫌だよ」

紅葉はまた偉そうに答える。

お客に頼まれたら遠くても行くのが、如月庵の部屋係なのに。

「近くですよ。上野広小路です。青天堂という薬種屋があります。師匠が眠れないとおっしゃるので、よく眠れる薬を買ってきてほしいのです」

目刺しは懐から巾着袋を取り出して、紅葉に金を渡した。

「いつもお願いしているので、手代さんに言うと分かると思います」

「あいよ」

紅葉が答えた。

部屋を出ると、そうめんが追いかけてきた。

「もうひとつ、お願いがあるんだけどさ。俺たち用に目が冴える薬を買ってきてほしいんだ。この分じゃ、今晩は寝られないと思うから。残りはお駄賃ということで」

そうめんは巾着袋の中から銀の小粒を手渡した。

「あんた、金を持っているねぇ」

紅葉が驚いた顔をした。

「うん。田舎のおふくろがこっそり小遣いを送ってきてくれるんだよ」

そうめんはにやっと笑った。


「青天堂っていうのはどういう店だい？」

杉治は樅助にたずねた。

「いい店だよ。いつもお客がいっぱいだ。主人は種五郎（たねごろう）という五十がらみの男だ。自分で考えたウルエスって丸薬が売れて今の身上を築いたんだ」

「家族は……」

「女房と息子夫婦、それに孫娘。ほかに嫁に行った娘が二人」

縦助は、なぜそんなことを聞くのかとはたずねない。

暴れ馬から幼女を救った男がいて、名前も告げずに去ったということは、とっくに耳に入っているだろう。その男が杉治だということぐらい、勘のいい縦助なら先刻承知である。

「ウルエスの製法は種五郎と息子しか知らないそうだ。最後になにか特別なものを加えるんだけど、それが何なのかは、昔からいる番頭にも教えない」

「よく効く薬らしいな」

「ああ。腹痛、食あたり、虫下し、何でも効く。それを飲むと、腹の中の悪いもんがみんな出てしまうんだ。すっきりとする」

「空」という字はカタカナのウ、ル、エとも読める。最後にすっからかんの「す」をつけてウルエスだ。

人を食った名前だ。

「最初は行商していたんだよ。ウルエスってのぼりを背中に立てて、背負子（しょいこ）に入れて。分かりやすい名前が良かったんだよ」

「その前は何をしていたんだ」

「よく分からん。どっかの薬種屋で修業をしていたというわけじゃないらしい」

「ふうん。そうか。じゃあ、種五郎という名前も本名かどうかわからねぇな」

「親がつけた名じゃないだろうな。薬種屋で種五郎じゃ、できすぎている」

梅乃と紅葉は上野広小路に出かけた。

青天堂は通りに面した大きな店である。ウルエスの大きな看板が出ているので、遠くからでもよく分かる。

店には薬草の匂いが漂っていて、奥には生薬を入れた百味簞笥が並び、その脇には生薬を細かくくだく薬研や粉末にする石臼も見えた。壁にはウルエス、清婦湯、中風根切薬などの薬の名前を書いた紙が貼ってある。たくさんのお客がいて、その多くはウルエスを求めていた。ウルエスは腹痛に下痢、食あたり、水あたりと多くのお腹の病気に効くから、たいていの家においてある。鼻につんと来るような独特の薬の臭いがあるが、その臭いだけでもう効いて来たような気がするという人もいるくらいだ。

「はい。何をご用意いたしましょう」

藍色の前掛けをかけた手代がたずねた。

「よく眠れるお薬と、徹夜で仕事をしたいので目が冴えるお薬をお願いします」

梅乃は言った。

「よく眠れるお薬ねぇ。えっと……」

手代は首を傾げた。

「湯島天神坂の如月庵の部屋係の者です。古家雨漏先生のご注文を預かって来ました」

「ああ、古家先生ね。分かりましたよ。いつもありがとうございます」

薬屋は、赤い袋と青い袋を出してくれた。

「どちらも、食後に水で飲んでください。青い袋が眠れる薬、紺碧丸(こんぺきまる)。赤い袋は目が冴える薬、暁光丸(ぎょうこうまる)です。三包みずつ入っています。真逆のお薬ですから、間違えないようにね」

「青い方が眠れる薬。赤い方が目が冴える薬」

梅乃は口の中で繰り返した。

そろそろ夕方になる時間で、風が冷たくなった。

食べ物屋の入り口に明かりがともり、仕事を終えた職人や町人、お武家が入って行く。

「よし、用事はすんだ。せっかく上野広小路まで来たんだから饅頭でも食べて帰るか。お駄賃ももらったことだし」

紅葉がのんきな調子で言った。

「だめだよ。早く帰らないと、夕餉の支度に間に合わないよ」

紅葉はお弟子の部屋の担当だから手が空いているが、梅乃は雨漏の世話で忙しい。

「だいじょうぶだよ。ちょっとだけなら」

紅葉が袖を引っ張った。

「あれ。梅乃さんと紅葉さんじゃないですか。青天堂さんに御用だったんですか」

声の主は桂次郎だった。

「桂次郎さんこそ、こちらにいらしていたんですか」

梅乃はうれしくて声が高くなる。

「そうなんですよ。杉治さんが言っていた、蜘蛛茸を調べたんですけど、なかなか分からないんですよ。それで、もしかしたらと思って青天堂さんにうかがってみたんです」

「それで、わかったんですか？」

「ご主人が出て来て、どうして蜘蛛茸を知っているのかって聞かれました。とってもめずらしいもので、しかも河豚の何倍もの強い毒があるそうなんです」

「へぇ」

紅葉と梅乃は目を丸くした。

「じゃあ、青天堂には蜘蛛茸があるんですか？」

梅乃はたずねた。

「今、手元にないし、あっても、売ることはできないって断られました」

「そうかぁ。じゃあ、杉治さんの手はまだしばらく治らないのかぁ」

紅葉が残念そうな声をあげた。

「そんなことはないですよ。私も宗庵先生と相談して、よく効くお薬を届けますから安心してください。かならず、よくなります。あ、そうだ。梅乃さん、おねぇさんがたまには顔を見せてくれたらいいのにって淋しがっていましたよ。忙しいでしょうけど、時々は、こちらにも顔を出してくださいね」

そう言うと、桂次郎は去って行った。

梅乃はうっとりとその後ろ姿を見送った。

「素敵な人だねぇ。あの人が、梅乃のお義兄さんになるのか」

紅葉がつぶやいた。

もちろん、桂次郎のことは今も大好きだ。

それ以上に姉のお園が好きだ。美人でやさしくて何でもできる自慢の姉だ。

梅乃の大好きな二人が仲良しで、いっしょになるというようなことがあったら、それは梅乃にとっても本当にうれしいことなのだ。

また、少し歩いていると、今度は晴吾に会った。

「二人そろってお使いですか？」

晴吾がたずねた。

「はい。お客さんにお使いを頼まれて」

紅葉が答えた。今度は紅葉の声が高くなっている。

「そういえば、如月庵には狂歌師の古家雨漏が泊っているんでしょ。道場はその話で持ち切りですよ」

「どうして知っているんですか？」

こっそりこもるはずではなかったのか。

梅乃はたずねた。

「八百屋のご隠居が如月庵に入っていくところを見かけたって。そうしたら、ほかにも、見た人がいっぱいいて」

あんなにしょっちゅう出入りしていたら、人に見られるのは当然だ。今、話題の雨漏を見かけたら、誰かに話したくなるというのも人情である。

「明日は私も源太郎といっしょに湯島天神に行ってみようかと思っているんです」

「そうなんですか？」

「だって古家雨漏さんですよ」

――おそれ入谷の朝顔豆腐。おかかのやっこで酒と飯。

晴吾は雨漏の有名な句を口にした。

「私もいつか入谷で朝顔豆腐を食べたいと思っているんですよ」

「そうですね。あたしも食べたいと思います」

以前、つまらない句だと言ったことをすっかり忘れてしまったように、紅葉は晴吾に話を合わせた。

「じゃあ、私はこれで」

晴吾はさわやかな笑顔を残して去って行った。

「じゃあ、帰ろうか」

紅葉が言った。

「お饅頭を食べなくてもいいのね」

梅乃がたずねた。

「うん。お饅頭を百個食べるより、一瞬でも晴吾さんの顔を見る方があたしの心には効く」

「うん。そうだね」

梅乃も分かったような気がする。

懐には二種類の薬が入っている。

「えっと、よく眠れる方が赤だったっけ」

梅乃は言った。

「違うよ。だめだよ、間違えちゃ。よく眠れる方が青い袋の紺なんとかで、赤い袋は目が冴える、暁なんとかだよ」

紅葉が答えた。

「ああ。そうだ。そうだった」

梅乃はうなずいた。

3

如月庵に戻るとすぐ、雨漏も帰って来た。いよいよ明日である。

雨漏はまたもやご贔屓と会ったようだ。少し酒を飲んでいた。

「せっかくみなさんが盛り上げてくれてるのにさ、明日があるから帰りたいなんて言えねぇよ。辛いところだよね」

梅乃が熱いほうじ茶をいれると、目を細めた。

「ああ、うまいねぇ」

弟子たちも次の間で控えている。

「おい。明日の用意はできてんのか」

「はい。着物と羽織、足袋などは一そろい用意させていただきました」

炬燵が緊張した面持ちで答える。

「目刺し、お前、ちゃんと目を通したか？　炬燵にまかせっきりじゃねぇんだろうなぁ」

「大丈夫です」

目刺しも生真面目な様子で言う。

「そうかい。そんならいいか。例の書付けのほうも見してくれるか」

「はい」

目刺しが三つの巻物を取り出す。

「ううん。悪かねぇけど、これだと、前の方の客から見えちまうな。なんだ、前から考えていたやつを言うんだって思われるのも悔しいな」

雨漏は頭をひねる。

「おい。これを半分の大きさにしろ」

「は？」

目刺しが驚いた顔になる。

「字を小さくということですか」

炬燵がたずねる。

「おめぇ、字が小さかったら読めねぇだろ。そうじゃなくてさ、裏表に書くんだよ。それでさ、巻きもんじゃなくてさ、こう蛇腹に折りたたんで」

「あ、お経みたいにですね」

そうめんが言う。

「そうそう。寺で坊さんがこうやっているだろう」

ばらばらっと紙の束を持ち上げて落とすしぐさをした。

「分かりました」

そうめんが分かった顔になる。

「じゃあ、いいか。明日の朝までに頼むよ」

雨漏は巻物を投げて返す。

「よし。じゃあ、俺は飯にさせてもらう。軽くていいからね。それから、例の薬。飯の後で飲むから」

梅乃は水差しを用意しながら、小首を傾げた。

「えっと」

紅葉がやって来てたずねた。

「あんた、何を考えてんのさ」

「あの薬だけどさ、どっちだったかなと思って」

「梅乃、さっきも分からなくなったよね。赤い方が眠れるやつで、青い方が起きてられるやつだよ」

「え、そうだったっけ?」

なんだか、違うような気がする。

「赤い方は暁なんとかで、よく眠れる。青い方は空が紺色になっても起きてられるんだ。あたしはそう覚えた」

紅葉は自信を持って言う。

そうか。

さっきも思い違いをして紅葉に言われたから、今度もまた、思い違いをしていたんだ。

梅乃は納得した。

離れに行くと、雨漏は疲れた様子で火鉢に寄りかかっていた。

「すぐ、床のご用意をいたします」

梅乃が言うと、雨漏はだるそうに体を起こした。

「悪いけど、こっちの部屋に布団を用意してくれねぇか。明日のことで気が立っているのが自分でもわかるんだよ。あれこれ考えちまう。だから、二階の部屋にいると、また朝まで本を読み直したりしそうだ」

「分かりました」

梅乃が布団を敷いていると、雨漏はふうと大きなため息をついた。

「十年前なら、この程度の酒はなんでもなかったんだよ。年は取りたくねぇよなぁ。俺は寝るのも早いんだよ。布団に入れば、十数えるうちにすとんと眠っちまう。だけど、このごろは、そうはいかねぇ。起きていたいときに眠くなる。眠らなくちゃと思うと、目が冴える」

梅乃は白湯を入れた湯飲みを手渡した。

雨漏はしげしげと薬の包みを眺めた。

「今日の包みは赤いんだな。前は青かったような気がしたけど」

「はい。暁なんとかという名前だと言われました」

「ふうん。春眠暁を覚えずってか」

——春眠暁を覚えず、処処啼鳥を聞く、夜来風雨の声、花落つること知る多少
雨漏はすらすらと漢詩をそらんじた。

「春の眠りは心地よくて夜明けも知らず、鳥のさえずりが聞こえる。朝起きてみたら、夜中に風雨があって花が落ちていた……というような意味だよ。そんな風に気持ちよくぐっすり眠れるってことか」

赤い包みを開いて、中の粉薬を飲んだ。

「ごゆっくりおやすみなさいませ。明朝、朝餉をお届けいたします」

梅乃は挨拶をして部屋を出た。

廊下を通ると、紅葉が水差しを、目刺し、炬燵、そうめんの部屋に持って行くところだった。

三人は部屋で書き物机に向かっていた。

「よし。頑張るぞ」

炬燵が自分に活を入れる。

「朝までだからな。時間はまだ、たっぷりある。ていねいな仕事を心がけようぜ」

目刺しが言う。

「水差しをお持ちしました」

紅葉が言い、梅乃が薬を手渡した。

「兄さん、じつは、こっちも薬を買ってきてもらったんですよ。朝まで眠くならない、目が冴える薬」

二人はうれしそうな顔になった。

「お前、気が利くな。そうだよ。失敗はゆるされねぇもんな」

「ありがたいなぁ。これを飲んで頑張りましょう」

紅葉が三つの茶碗になみなみと水を注ぐ。青い包みを手渡すと、すぐに飲んだ。

「よし。明日の朝までだ。頑張ろう」

「おう」

三人は書き物机に向かった。


梅乃は三階の自分たちの部屋に戻って布団に入った。妙に頭が冴えて何度も寝返りを打った。

隣で紅葉はぐうぐうと気持ちよさそうに寝ているのに。

気になっているのは、あの薬のことだ。

――真逆のお薬ですから、間違えないようにね。

青天堂の手代にも言われた。

青い袋が眠れる薬、紺碧丸。赤い袋は目が冴える薬、暁光丸。

そう言われたような気がする。

だが、紅葉は言った。

――赤い方が眠れるやつで、青い方が起きてられるやつだよ。

じゃあ、やっぱり梅乃の思い違いか。

だけど、もし、間違えていたら……。

梅乃はそっと起き出して寝巻の上に半纏をひっかけ、こっそりと階下に降りた。

廊下に雨漏の姿があった。

「ああ、ねぇちゃん。いいところで会ったよ。俺、弱っちまったよ。目が冴えて全然寝れねぇんだ。あの薬、本当に眠り薬かい」

胸の鼓動が速くなった。

もしかしたら……。

「青天堂さんで調合してもらったものなので、大丈夫だとは思うんですけど……」

「いやさ、考えてみたら、いつも青天堂でもらってくる薬は青い包みだったんだよね。ねぇちゃんが赤い包みを出したから、あれっと思ったけど、まぁ、そういうもんかなと思って飲んじまった」

「そうですか……」

「まぁ、明日のことがあるから、こっちも緊張しているんだよな。しょうがねぇから、和歌でもさらっておくよ」

「あ、はい。よろしくお願いします」

しどろもどろになって答える梅乃の背中をつうっと冷たい汗が流れた。

あわてて、三人の部屋に行った。

「お客さま、お茶をお持ちしましょうか」

返事がない。

そうっと戸を開けて中をのぞくと、あんどんの光がぼんやりと部屋を照らして、書き物机につっぷして眠りこけている三人の姿があった。

梅乃は仰天し、自分たちの部屋に戻った。

「紅葉、紅葉」

体を揺する。

「なんだよ、うるさいなぁ」

「大変だよ。間違えちゃったの」

「なにを言ってんのよ」

「だから、薬だってば。雨漏さんに渡すのと、お弟子さんたちのやつ。逆にしちゃった」

「なんでよ。あんた反対に渡したんでしょ」

紅葉は寝ぼけながらも強い口調で言う。

「だからぁ。そうじゃなくて」

ちゃんと説明を聞いたのに忘れてしまった梅乃が悪い。おかしいと思ったのに、ちゃんと確かめもせず、紅葉の言葉に従ったのはさらに悪い。だけど、いっしょにいて説明を聞いたのに、間違えた紅葉にだって多少の責任はあるはずだ。

「謝りに行こう」

「え、なんで、明日でいいよ」

「だめよ。だって、雨漏さん寝られなくて起きている。お弟子さんたちは眠りこんでいる」

半分寝ぼけている紅葉を揺り動かし、着物を着替えさせ、自分も着替えて部屋の外に出た。下に降りると、桔梗がいた。

「雨漏さんは眠れないみたいだね。今、お茶を届けてきたところだ」

ちろりと二人を見る。

「じつは」

梅乃は事情を説明した。弟子に頼まれて青天堂に薬を買いに行き、眠れる薬と目が冴える薬を処方してもらった。そうして、間違えて渡してしまった。

「店の人の説明をちゃんと聞いていなかったんだね」

桔梗の目がとんがる。

「いや。覚えていたんですよ。だけど、そのあと人に会ったり、いろいろして……。うっかり」

紅葉がぶつぶつと言い訳をした。

「ほかの買い物をしたりして、間違えた……。つまり、お前たちはお客さまから頼まれた仕事をちゃんとできなかったということだね」

「そうです」

梅乃は泣きそうな声で答えた。

「謝って来なさい。今、すぐ。雨漏さんは起きていらっしゃいます」

梅乃と紅葉は二階の雨漏の部屋に行った。

「失礼をいたします」

襖の外から声をかけた。

「なんだ」

中から声がした。

「部屋係の紅葉と梅乃です。申し訳ございません。青天堂さんで買った薬を間違えて渡してしまいました」

答えがない。

ずいぶん経って返事があった。

「気づいてたよ。もしやと思って、あいつらの部屋を見たら三人とも眠っていたから。しょうがねぇよ。もう、すんだことだ。買いに行くように頼まれたのは自分たちなのに、部屋係に押し付けたあいつらも悪い。分かったから、もうお休み」

最後はやさしい声だった。

4

どんと太鼓が鳴って、千首詠みがはじまった。

湯島天神はすでにいっぱいの人である。剣道場の人々に交じって晴吾や源太郎の姿も見える。梅乃と紅葉も後ろの方から舞台を眺めた。

舞台の真ん中に雨漏は座っている。一睡もできなかったせいか、目がしょぼしょぼしている。だが、腹をくくったのか、意外に落ち着いている。脇には狂歌連の仲間が連なる。

仲間の一人である鯉淵の挨拶があり、連の仲間が次々に一言を贈り、短い話で笑わせる。

舞台の袖をうかがうと、目刺し、炬燵、そうめんの三人の弟子の姿があった。三人はぐっすりと眠って体の調子は良さそうだが、顔つきは悲痛である。用意するはずのものができなかったのだ。

早朝、額をこすりつけて謝る三人に、

「今さら、間に合わねぇ。もう、いい。出たとこ勝負だ」

雨漏はそう言って笑ってすませたのだ。

「では、お題を紹介いたしましょう」

鯉淵が懐から紙を取りだす。いよいよ千首詠みのはじまりである。

「はい。まずは豆腐」

「ほい。できた。

喰ふからに朝の豆腐の白かれば、むべ湯豆腐の熱しといふらん」

雨漏が詠む。

本歌は、百人一首にもある文屋康秀の歌。

——吹くからに秋の草木のしをるればむべ山風をあらしといふらむ、だ。

すかさず、脇にいた目刺しがそれを大書して貼り出す。

「ほう」

人々からどよめきが生まれる。

「では、次。膏薬」

「はい、まいります。

小倉山すねの痛みが高じれば、今ひとたびの膏薬を待たなん」

これは、貞信公（ていしんこう）の「小倉山みねのもみぢば心あらば今ひとたびの御幸またなむ」にちなんでいる。

さすが雨漏である。打てば響くように狂歌が生まれる。

あっという間に百首を詠んだ。

さらに百首。まだまだいい調子である。

だが、その次の百首はかなり疲れが見えてきた。うーむとか、むむと考えている時間が長くなる。

「おい。もう、おしまいか」

「なんだ、疲れちまったのか」

「しっかりしろ」

地面にござを敷いて座っているお客たちから声がかかる。

三百首をなんとか詠み終えたときは、目がうつろになっていた。

それもそのはずである。

昨日は一睡もしていない。その前から、ご贔屓筋だの、なんだのと出歩いて、そのたびに酒を飲み、飯を食っている。そうとうに体が疲れているのである。

後ろの方で紅葉といっしょに見ていた梅乃は気が気ではなくなった。舞台の裏手に回ると炬燵がいた。

「雨漏さまのお体はいかがでしょうか」

今朝、三人を起こし、何度も謝ったが、やはり彼らの顔を見ると、頭が自然に下がる。

「相当お疲れが出ていますが……、まだ、やっと三百首ですからねぇ」

「申し訳ありません」

また、詫びの言葉が出る。

「もう、気になさらないでください。終わったことですから」

炬燵に言われた。

「はい。では、ここで私が、ひとつ余興をお見せしましょう」

見かねた鯉淵が都都逸を聞かせることになり、雨漏は舞台の袖に戻って来た。

楽屋に入ると、雨漏は畳に倒れ込んだ。

「悪い。寝かせてくれ。もう、俺は何にもいらねぇ。このまま寝る」

まぶたがくっついている。

「お師匠。お客さまが待っています」

「まだ、三百首です。これからです、起きてください」

「先ほどの歌はさすがでした。その調子です」

目刺し、炬燵、そうめんの三人は口々に声をかける。

「なんだよ。お前ら。そんなら、お前たちが詠め。のんきな顔しやがって」

悔しくなったのか、雨漏は炬燵の頭をぽかりとなぐった。

「師匠。冷たい水をお持ちしました。これで顔を洗ってください」

目刺しが桶に井戸水を汲んでくる。手ぬぐいで顔をふく。

「目が覚めたな。よし、行くぞ」

目刺しと炬燵に両脇から抱えられるようにして舞台の袖まで進む。だが、その先はしゃんとして歩き出した。

「おい、しっかりしろよ」

「頑張りな」

余興が入って気分を直したお客から声がかかる。

水で顔を洗ったせいか、雨漏は少し元気を取り戻していた。

調子よく、次々と詠みはじめた。もう箱からお題を取り出すことはしない。雨漏が思いつくままに詠んでいく。

だが、それも五十首が限度だった。

四百首でもうろうとしてきた。

四百五十首では、頭がくいっと落ちた。

しゃべりながら眠っているらしい。

「久かたの光のどけき春の日に、ああ、もう何でもいいから眠りたい」

雨漏の体がぐらぐら揺れている。

「……それにつけても、枕のほしさよ」

上の句が聞こえない。いや、上の句はもともとないのだ。

清書している目刺しの顔が青くなった。目が泳いでいる。遠目に見ても分かるほど、汗をびっしょりかいている。

目刺しは責任感の強いまじめな男なのだ。

だから、こういう思いもよらぬ場面には弱い。

だが、追い詰められて腹をくくったらしい。ぎっとお客をにらんだかと思うと、筆をとった。

「人はいさ心も知らずふるさとは、それにつけても枕のほしさよ」

たしか、「人はいさ心も知らずふるさとは花ぞ昔の香ににほひける」という歌があった。その上の句をつけたのだろう。意味は通じないが、とりあえず形にはなっている。

もう、それからは、目刺しの暴走、爆走、なんでもありの奮闘となった。

寝ぼけながら雨漏はぶつぶつと何かを言う。それを目刺しが適当に五七五七七にまとめるのだ。目刺しは一から考えることはできないので、知っている歌を手あたり次第、適当に変えてつくっているらしい。

「あしびきの　山鳥の尾のしだり尾の、ながながし夜をぐっすり眠る」

本歌は「あしびきの　山鳥の尾のしだり尾のながながし夜をひとりかも寝む」だ。ほとんど変わっていない。いや、もう、そのまんまの改悪である。

やけくそのその場しのぎを繰り返す。

そのうちに種がつきてきたらしい。

目刺しの顔が赤くなったり、青くなったりしている。

だいたい、こんなことをいつまでも続けているわけにはいかない。そのうちに、お客は気づき、呆れ、怒りだすだろう。

梅乃は胃の腑がきりきりと痛みだした。

目刺し、炬燵、そうめんの三人の弟子も同じ思いに違いない。

お仲間たちはさすがに落ち着いている。

「心配しててもしょうがねぇ。酒でも飲もうか」

鯉淵が言って楽屋で酒盛りがはじまった。

舞台では雨漏がゆらゆらと手を振っている。

「あれ、なんだよ」

炬燵とそうめんが首を傾げた。

「お水ですよ。お水を欲しがっていらっしゃるんです」

梅乃が言った。

「水か。ほい。じゃあ、これを持って行け」

鯉淵が湯飲みを手渡した。

「ありがとうございます」

梅乃は湯飲みを受け取って炬燵に渡す。炬燵は神妙な顔つきで舞台に運ぶ。雨漏はぐいと飲みほした。

雨漏の目が開く。袖を見てにやりとする。

「粋なことをしてくれるねぇ。水かと思ったら酒じゃぁねぇか」

その言葉を聞いてお客たちが笑う。

「申し訳ありやせんでしたねぇ。こっちは朝が弱いもんでね、だいたいこのくらいの時間にならねぇと目が覚めねぇんですよ。ああ、よく寝てすっきりした。これから本腰入れて詠みやすから」

座りなおす。

それからは、今までが嘘のようにはずみがついた。

目刺しが清書するのが追い付かない。途中で炬燵が加わり、さらにそうめんが手を貸す。

あっという間に千首を詠んだ。

翌朝。

雨漏と三人の弟子は昼過ぎに起きた。

みごと千首詠みを終えた雨漏はご贔屓筋と朝まで飲み、夜明け近くになって戻って来た。

起きぬけに冷たい水を一杯。そのあと、梅干を入れた熱い番茶で、ひと息入れてから朝餉だ。しじみのみそ汁に、やわらかく炊いた白粥。ぱりぱりとした瓜のぬか漬けである。

「しかし、ここの水はうまいねぇ。箱根の湧き水でもくんできたのかい」

千首を無事詠み終えてうまい酒を飲み、ぐっすり眠った雨漏は顔色もすっかりよくなった。

「いえ、お茶の水でくみました」

桔梗がすまして答える。

「おお。ねぇさんは筋がいい。うちの連に一度おいでよ。ねぇさんみたいなきれいな人が来ると座が明るくなる」

雨漏は上機嫌で軽口が次々と出る。

「しかしあれだね。『世の中に寝るほど楽はなかりけり浮世の馬鹿は起きて働く』ってぇのはほんとだね。今度のことでしみじみと思ったよ」

「このたびは、こちらの不手際でご迷惑をおかけいたしました」

桔梗は改めて謝る。後ろに控える梅乃も頭を下げた。

「いいんだよ。あれで盛り上がったじゃねぇか。途中で俺が寝たのはわざとじゃねぇのかっていう奴もいたくらいなんだ。それにしてもさ、世話になった。かゆいところに手が届くってのは、こういう宿のことを言うんだね。このまんま、ここに住みてえけど、そういうわけにもいかねぇからな」

そんな言葉を残して去って行った。

裏に行くと、三人の弟子たちが荷車を押していた。

「うちの師匠はすごいでしょ」

目刺しが誇らしげに言う。

「たしかに千首詠みましたよね」

梅乃がうなずく。

「泉から水が湧くように言葉が出るんですよ」

炬燵はうっとりとした目をした。

「まったく惚れなおしちまったよ」

そうめんが頬を染める。

「ありがとうございました。ご無事でお帰りくださいませ」

梅乃と紅葉は三人を見送った。

「よかった、よかった」

紅葉が言った。

「ほんと、どうなることかと思ったけど」

梅乃も続ける。

「何を言っているんだい。そうやって、軽く流してしまうから次も同じような間違いをするんだろ」

いつの間に傍に来ていたのか桔梗が鋭い声で叱った。

二人は「ひぇっ」と首をすくめて、その場から逃げ出した。

第三夜

猫が仕出かした不始末

1

如月庵にはしま吉とたまという二匹の猫がいる。紅葉が雪の中で震えている子猫を見つけ、物置の隅に寝床をつくり、杉治から残り物をもらって食べさせた。

「猫はだめだよ。どっかのお屋敷の鯉をとったりしたら大変だから」

桔梗は渋い顔をしたが、子猫があまりに小さかったからか見逃してくれた。

しま吉とたまはすくすくと育ち、今や立派な若猫になった。仲良くじゃれあい、裏庭で蟬をとったり、物置の屋根で昼寝をしたりしている。なかなかに賢くて、客間にあがったり、板場のご飯を狙ったりすることはない。

ところがどういうわけか、しま吉とたまはよそ様の家で暴れてしまったらしい。

その日、かさ屋の主、お伝が如月庵に怒鳴り込んできた。

「ちょっと、お宅の猫が、あたしの大事な壺を割っちまったんだよ。どうしてくれるんだい」

顔を真っ赤にして、こぶしを振り上げた。大変な権幕である。

かさ屋は湯島天神の門前の水茶屋で、主のお伝は六十をいくつか過ぎている。髪は白く、腰が少し曲がっていて、体も痩せて小さい。十年ほど前に亭主を亡くし、一人娘はすでに嫁いで、今は一人暮らしだ。

「ああ、お伝さん、いつもお世話になっております。今日は、いかがしましたか」

下足番の縦助がゆったりとした口調でたずねた。

「だからね、お宅に縞とぶちの猫がいるだろ。あれがうちに入り込んで暴れて、大事な壺を割っちまったんだよ。どうしてくれるんだい」

お伝は口からつばをとばして訴えた。

おかみのお松が出てきて「それはまことに申し訳ございません」とていねいに頭を下げた。

「あの猫はこちらの物置に住み着いていて、かわいそうだからと部屋係が餌をやっているものです。とはいえ、私どものところにいる猫に間違いはございません。お詫び申し上げます。その壺というのはどういうものなのでしょうか」

「死んだおじいさんが残した壺なんだよ。有名な人がつくったもんで、これを売れば十年は暮らしていけると言ったんだ」

「まあ、そんな大事な壺を……。知らぬこととはいえ、失礼をいたしました」

お松はもう一度深く頭を下げた。

二人のやり取りを廊下の隅で聞いた梅乃は「ありゃあ」と思った。大急ぎで、裏の井戸端に行き、洗い物をしている紅葉に伝えた。

「大変よ。しま吉とたまがかさ屋さんの大事な壺を割っちゃったの。今、お伝さんが玄関のところに来ている」

「お客に出す茶碗でしょ。古いやつだし、いっぱいあるからいいよ」

「違うわよ。亡くなったおじいさんの形見の壺で、すごく高いものなんですって」

「みんな、そんなことを言うんだよ。あそこの家にそんな高いもんなんかないよ」

そんな押し問答をしていると、桔梗がやって来て固い顔で告げた。

「おかみさんが、あんたたちに話があるそうだ」

さすがに紅葉も事の重大さに気づいたようだ。

二人はすごすごとお松の部屋に向かった。


お松は長火鉢の向こうに座っていた。二人は膝をそろえて座り、頭をたれた。

「桔梗から聞いたかもしれないけれど、物置で飼っている猫がかさ屋さんの家で暴れて、大事な壺を壊したそうだ。さっき、主のお伝さんが怒ってここにいらっしゃった」

「はい聞きました」

梅乃は答えた。

「すみません」

紅葉も続く。さっきの元気はどこに行ったのかと思うような、しおれた様子である。

「亡くなったご主人の大事な形見の壺だったそうだ。今、あたしも行って見て来たけど、たしかに立派な壺だ。それが真っ二つに割れている」

お松は煙管に火をつけた。

「あの猫は如月庵で飼っている猫じゃない。お前たちが飼ってほしいと言ったから、見逃している。だけど、こんなことをされちゃあ、そのままにはしておけない。どうするつもりだい」

「むぐっ」と言うような声が紅葉から出た。顔をあげると、必死の顔つきでお松に告げた。

「しま吉とたまを追い出さないでください。あの子たちはとってもいい子なんです。今までだって、裏庭では遊ぶけれど、お客さんの部屋にあがったり、お膳のものをとったりしたことは一度もないです」

「うちの座敷にあがらなくても、よそ様の家にあがったら同じじゃないか」

お松がぴしゃりと言った。

「そうなんですけど……。でも、赤ん坊のころからここで餌をもらっているんです。追い出されたら、生きていけません。あたしから二匹にはよく言って聞かせますから」

紅葉は顔を真っ赤にして目に涙を浮かべていた。雪の日、子猫を見つけたのは紅葉で、それから梅乃と紅葉で世話をしてきた。

「猫を相手に、どうやって言って聞かせるんだよ。まったくいい加減なことを言う。まあいいか。よし、じゃあ、猫のことはもう少し様子を見よう」

「ありがとうございます」

紅葉が大きな声で言い、梅乃も頭を下げた。

「それで、壺のほうはどうするかい？　猫の代わりにお前たちが弁償するかい」

それは、無理だ……。

梅乃は唇を噛んだ。

売れば十年暮らせるとお伝が言っていたではないか。そんなお金が梅乃や紅葉にあるはずがない。

「以前、お蕗さんが言っていました。欠けた茶碗をきれいに直す方法があるって。それをすると、前より値打ちがあがることもあるんだって」

紅葉が必死の様子で言った。

「なるほどね。じゃあ、その方法はお蕗に聞いてもらうとして……。只ってわけにはいかないんだろ。そのお金はどうやって作るんだい」

梅乃は言った。

「如月庵は昼過ぎは少し手が空きますよね。その時間に働くことにします」

「ああ、それはいい考えだ。どこで働くかい」

お松がたずねる。

「えっと……。かさ屋さんで」

梅乃は思いつきを口にした。

「そうです。あそこはお伝さんが一人で切り盛りをしていますから、手が足りないはずです」

すぐさま、紅葉もその話にのる。

「わかった。そういうことか。よし、こうしよう。朝、お客さんが出て行って部屋の掃除がすんだら、かさ屋に行って夕方まで手伝う。夕方にはこっちに戻って、いつも通りの仕事だ。それで働いた分の手間賃で壺を直す。それでよければ、お伝さんに話をつけるから」

そうすると、二人の休み時間が無くなってしまう。だが、猫を助けることが第一で、今はそんなことを言っている場合ではない。

「わかりました」

梅乃と紅葉は大きな声で返事をした。

部屋係が休憩に使っている溜まりに行くと、お蕗が心配そうな顔をして待っていた。

「それで、おかみさんは何て言っていた？　猫は追い出されずにすんだかい」

「うん。猫は大丈夫だった。もう少し様子を見るって。あっちの店を手伝って手間賃をもらって、壺を直すお金にする」

紅葉が答えた。

「なるほどね。だけど、壺は割れちまったんだろ。直すってどうするんだい？」

「ほら、以前、お蕗さんが欠けた茶碗をきれいに直す方法があるって言ってたよね。

その方法を教えてくれよ」

紅葉が言った。

「そうそう。その方法をすると、前より値打ちがあがることもあるんでしょ」

梅乃も続けた。

「そんな話をしたかねぇ」

お蕗は首を傾げたが、急に何かを思い出して目を見開いた。

「あんたたちが言っているのは、金継(きんつ)ぎのことだよね。あれは茶碗の端がちょこっと欠けたときに漆と金(きん)で直すんだ。大きな壺なんか、金継ぎしたら大変だよ。びっくりするほどたくさんお金がかかるよ。あんたたち、一体、いつまで働くつもりなんだよ」

そんなこととは知らなかった。二人は顔を見合わせた。

だが、お松にそうすると約束した。今さらできませんとは言えない。

「まったくあんたたちは」

お蕗はため息をついた。

医者の桂次郎が杉治をたずねて来た。杉治が夕餉に使う栗の皮をむいていたときだった。

「例の蜘蛛茸のことなんですけれどね、青天堂さんが生薬に詳しいと聞いて、たずねてみたんですよ」

桂次郎は蜘蛛茸に興味をそそられたようで熱心な様子で語り出した。

「青天堂さんに直接聞いたんですか？」

杉治は少し驚いて聞き返した。まさか桂次郎が青天堂を直接たずねるとは思っていなかったのだ。

「最初、手代さんに蜘蛛茸を探していると言ったんですが、手代さんは初耳という表情で、次に出て来た番頭さんも首を傾げていたんです。仕方なく私が店を出ると、さっきの番頭さんが話があると追いかけてきた。店の奥の座敷に案内されて、ご主人が出てきた。蜘蛛茸のことをどこで聞いたのかとたずねられた」

「俺の名前を出したんですか？」

杉治は困ったことになったと思った。

桂次郎はにっこりとした。

「いえ、出しませんでした。青天堂のご主人は何げない様子をしていましたけど、わざわざ私を追いかけて来て座敷にまで呼ぶ。しかも、番頭さんたちも知らないことだ。これは、相当、内緒の話に違いないと思った。うっかり、杉治さんの名前を出したらご迷惑がかかるかもしれないし、こっちも最初から手の内は明かしたくない。それで、お年を召したご婦人の患者さんから聞いたという風に話をぼかしてきました」

桂次郎は医術の腕がいいだけでなく、あれこれ気が回る方らしい。

「ご主人はそのおばあさんはどこの生まれなのかとか、あれこれ聞くんです。それで、こっちも気がついたんですよ。青天堂のウルエスのひみつは蜘蛛茸にあるんじゃないのかって」

ウルエスは胸やけや腹痛や下痢など、たいていの腹の病気に効く。だからとても人気が高い。だが、その製法は主人の種五郎と息子だけしか知らない。絶対のひみつなのである。

「でも、ウルエスに入れるのならたくさん必要でしょ。あのきのこは山の奥深くに生えているもので、なかなか見つからないんですよ」

これ以上、桂次郎に蜘蛛茸に興味を持たれては困るので、杉治はウルエスとの関係をそれとなく否定した。

「そうですよね。そこが少し引っかかったんですけど……。じゃあ、やっぱり違うのかぁ。青天堂さんのご主人は蜘蛛茸という名前は自分も聞いたことがあるが、実際に見たことはないとおっしゃっていました」

桂次郎は首を傾げた。

「それで興味をもたれたんですな。いや、ありがとうございます。蜘蛛茸のことをいろいろ調べてくださってすみません」

杉治はむき栗を鍋に移しながら答えた。

「青天堂さんに聞けば分かると思っていたんですけど、残念です」

「いやいや、もう、十分ですよ。やっぱり江戸では手に入らないんです。あきらめます。それにね、おかげさまで手の方も、もうずいぶんいいんですよ。これなら仕事には差しさわりがない」

「そうですか。それならよかった」

桂次郎は明るい表情で帰っていった。

その姿を見送る杉治の顔は厳しくなった。

種五郎は蜘蛛茸を知っている。間違いない。

つまり、あの村の者ということか。

桂次郎が自分の名を明かさないでくれたことは、本当にありがたかった。

だが、安心はできない。孫娘の一件があり、そのすぐあとに蜘蛛茸だ。関連づけて考えるだろう。

ともかく当分は、如月庵から出ないことにしようと決めた。

翌日、梅乃と紅葉は湯島天神の門前にあるかさ屋に行った。

かさ屋は一階の半分が店で、奥と二階が住まいになっている。店の前に床几(しょうぎ)をおいて、お客に水やお茶、饅頭をふるまうのだ。

「昨日はすみませんでした。今日から働かせていただきます。一生懸命しますので、よろしくお願いいたします」

梅乃と紅葉は頭を下げた。

「そうかい。よろしくね。割れた壺はこれだよ」

お伝が壺を取り出してきた。

高さ十寸（約30センチ）ほどの白い丸い壺で、菊や牡丹、桜などの花が描かれている。

それが、きれいに真っ二つである。

「これですか……」

紅葉は絶望的な顔をした。梅乃は何と言っていいのか分からなくなった。

「立派な壺ですね。本当に高そうだ」

「高そう、じゃなくて高いんだよ。死んだおじいさんは、困ったときはこの壺を売ればいいと言ってくれたんだ。それでなにかい、お松さんから聞いたけど、元通り、きれいに直す方法があるんだろ。そのお金はここで働いて作るそうじゃないか。立派な心がけだよ。頼りにしているよ。頼むね」

お伝はにんまりと笑う。

「はい」

梅乃は小さな声で答えた。

「えっと、何をしたらいいでしょうか」

紅葉がたずねた。

「水茶屋だからね、外に立ってお客の相手をしてくれ。お参りする人が通るから、ひと休みしませんかって声をかけるんだよ。あんたたちが呼んだお客が払ったお金の三割が、あんたたちの手間賃になる」

お伝は言った。

つまり、お客が入らなければ一文にもならないということだ。

「そうですか」

梅乃ががっかりして小さな声になった。

「お松さんに聞かなかったのかい。そういう話にしたんだよ。ただ、突っ立っていられても役に立たない。水茶屋はね、お客が来てはじめて商いになるんだよ」

お伝はまた、にんまりと笑った。


梅乃と紅葉はかさ屋の店先に立って、前を通る人に声をかけた。

「お客さん、お茶はいかがですか」

「ひと休みしていきませんか」

だが人々は店の前を素通りしていく。

すぐ前に、もっときれいで大きな水茶屋があるからだ。

いや、それだけではない。

なんとなく入りたくない店なのだ。

遠目に見ても、くすんでいる。

床几にはほこりがたまっているし、のぼりは色あせ、屋号を入れたちょうちんも破れている。さらによく見れば、湯飲み茶碗は茶渋がついているし、饅頭をのせる皿も欠けたり、汚れたりしている。

「これじゃ、だめだよ」

紅葉が言った。

「そうよね。少し、きれいにしないと。まるで……」

梅乃もその先の言葉をのみこんだ。

「そうだよ。物置だよ」

紅葉はあっさりと口にする。

「しま吉とたまはここを物置だと思ったんだよ。だから、中で遊んだんだ。あいつら、如月庵の物置でかくれんぼするのが好きだからさ」

ともかく物が多いのだ。簞笥があって棚があって、その上には箱だの人形だの、こけしだの、風呂敷包みだのがのっている。そのほかに、箱や風呂敷包みが積み重なっているのだ。

「一体、なんで、あんなに物があるんだろう」

「そうだねぇ。何が入っているんだろう」

謎である。

ともかく、まずは店から掃除をすることにした。

掃除の仕方は、如月庵で桔梗に厳しく仕込まれている。

「すみません。雑巾にする布を貸してください」

「雑巾なら、そこにあるよ」

指さしたのは、黒く汚れた布である。使ったあと、ちゃんと洗って干していないので、湿った黴くさい臭いがする。

「新しい雑巾はありませんか？」

「雑巾っていうのは、古いもんだよ。新しい雑巾なんかないよ」

「じゃあ、雑巾にしてもいい布はありますか？　台ふきんも欲しいんですが」

「なんだよ。今の人は贅沢だねぇ」

そんなやり取りがあって、お伝は棚の上の風呂敷包みをひとつ手にした。

「これだったかな」

だが、それは紙類をまとめたものだった。

「ああ、こっちか」

その箱の中には、古い飾り物がたくさん入っていた。そんな風にあっちこっちの箱やら風呂敷包みやらを開けたり、ほどいたりして、ようやく古い着物の束を見つけた。

「あ、だめだ。だめだ。これは大事だった」

さらにいくつか箱やら風呂敷包みやらを探索して、ようやく雑巾とふきんに使っていい布を出してもらえた。

二人で床を掃き、お客の座る床几をふき、ようやく湯飲み茶碗にたどりつく。たわしでごしごしこすると、見違えるようにきれいになった。

色あせたのぼりや破れたちょうちんははずしてしまう。捨てると叱られそうだから隅に隠した。

「お客さん、お茶はいかがですか」

「ひと休みしていきませんか」

梅乃と紅葉が声をかけると、お客の足が止まるようになった。

「おや、かさ屋さんに若いねぇさんが入ったのか」

「ええ、今日からです。ひと休みしていきませんか」

紅葉が愛想よく伝える。

「そうか。まぁ、お茶でも飲んでいくか」

「ありがとうございます」

梅乃も精一杯、笑顔をふりまく。

そんな風にして、最初の日は過ぎた。

次の日も、掃除をしてから店に立った。

店がきれいになったからか、梅乃と紅葉が熱心に客引きをするせいか、お客は前の日よりもさらに増えた。お茶といっしょに団子もよく売れた。

三日目はさらにお客の数は多くなる。

「やっぱり、お客が多いといいねぇ。活気があるよ」

お伝はにこにこしている。

そろそろ宿も夕餉の時間になるので店じまいをして帰ろうとすると、お伝に呼び止められた。

「疲れただろ、お茶でも飲んでいきなよ。団子もあるしさ」

「ありがとうございます」

紅葉は遠慮なく言って、部屋にあがった。

六畳間なのだが、物がたくさんあるので三人はくっつくようにして座った。

「ちょっとそこに赤い厚紙があるだろ。それを取っておくれよ」

お伝が言ったので梅乃は体をねじって、棚の上の厚紙を手にした。中を開くと、七枚つづりの浮世絵が出てきた。絵の中央に盆を手にした若い娘が描かれている。

「浅草や向島の茶屋の看板娘を描いたものだよ」

お伝が言った。

「あれ、これ、お伝さんじゃないか」

紅葉が大きな声をあげた。

絵の端に湯島、かさ屋のお伝と書いてある。

「本当だ。お伝さんは浮世絵に描かれるような人気者だったのね」

梅乃は浮世絵に顔を近づけて眺めた。

お伝の体は人とは思えないほど細く、その細さを強調するように帯は大きくふっくらと結んである。うりざね顔に小さな口。細い目は心持ち目尻があがっている。

「きれいだねぇ、かわいいねぇ」

紅葉がうっとりとした目になった。

「ふふ。そんなこともないよ」

お伝は一応謙遜してみせる。とっておきの話をするんだというように、大きくうなずいた。長い話がはじまりそうだ。

「このとき、あたしは十六でね、ちょっとは名が知られていたんだよ。あたしの顔を見に、毎日、お客がやって来る。飯を食いに連れていってやるとか、芝居を見に行かないかとか誘われた。中には、ずいぶん大きな店の跡取り息子もいたんだよ」

　お伝は得意げに話す。

「でもさ、あたしのおとっつあんは厳しい人でね。茶店の女に声をかけて来るような男はろくな奴じゃない。すぐに飽きて、また新しい女に行ってしまう。だから、口車に乗るんじゃないぞって、しょっちゅう言った。だから、あたしはごちそうになったこともないし、芝居を見ることもなかった」

「ふうん。もったいなかったねぇ」

　紅葉が言った。紅葉だったら調子よく、あっちの人、こっちの人と愛嬌をふりまいておいしい物を食べたり、芝居に連れていってもらったりしたことだろう。

「そんなとき、繁次郎（しげじろう）さんと出会ったんだよ」

　お伝は思わせぶりに言うと、視線を棚に走らせた。そこには、木箱に入った例の割れた壺がある。

「繁次郎さんって、おじいさんのことですか」

　梅乃はたずねた。お伝は心なしか頬を染めてうなずいた。

「繁さんはね、狭山の茶農家の息子だったんだよ。それで、池之端の有名な茶人のところで、弟子をしていたんだ」

「おじいさんもお伝さんの顔を見に、茶屋に通って来ていたんだ」

紅葉が言った。

「ううん、それが違うんだよ」

お伝は満面の笑みで、もうこの話をしたくてしょうがないという顔をしている。

「その日はね、かごにたくさん、みかんを入れて、知り合いの家に届けるところだったんだ。寒い日で、道が凍っているんだよ。坂道で足をすべらせて、その拍子にかごからみかんがこぼれ落ちた……」

「それを拾ってくれたのが、おじいさんなんだ」

紅葉が言った。

「そうなんだよ。すばやく身をかがめて、みかんを拾ってくれた。大丈夫ですか。怪我はないですかって聞いてくれた」

梅乃の頭の中に、湯島の急な坂道が浮かんだ。黄色いみかんが坂道をころころと転がり、それを若い青年が腰をかがめて拾う。

まるで芝居のような出会いである。

「素敵ですねぇ」

うっとりとした目になって梅乃は言った。

「そうだろう」

お伝はうなずく。

「繁次郎さんはいくつだったんですか」

梅乃はたずねた。

「十七だ。あたしとひとつ違いだよ」

「それから付き合うようになったんだね」

紅葉が話を進める。

「いやいや、そうは簡単にいかないよ。だって繁さんはまだ修業の身だもん。それに次男坊とはいえ、狭山（さやま）じゃちょっと知られた古い農家だし、あたしは茶店の娘だよ。身分違いもいいところだ」

「でも、好き合っていたんですよね」

梅乃は身を乗り出した。

「そうだよ。やさしくって物知りだった。花の名前、雨や雲のこと、おいしい食べ物、昔の人の話。いろんなことを教えてくれた」

「しかも男前だった……」

団子を口に運びながら紅葉が言う。

「もちろんだよ。すっとまっすぐな鼻をしていた。それだけじゃなくて、指がきれいだったんだよ。細くて、長くて。茶を飲んだりすると、ほれぼれするほど格好良かった」

お伝はふっと自分の手を眺めた。年をとってしみができ、節も高くなった。だが、若いころのお伝の指は白くてきれいだったに違いない。

「身分違いだったのに、どうしていっしょになれたんだ？」

紅葉がたずねた。

「繁さんはね、あたしといっしょになれないなら生きていてもしょうがない、親とも縁をきる、茶人の修業もやめるといって、ここに来たんだ」

「ええっ。修業をやめたの？」

梅乃は驚いて大きな声をあげた。

「繁さんの親も、師匠もびっくり仰天、大騒ぎだよ。あたしのおとっつあんもいい顔をしなかった。不釣り合いは不仲の元って昔からいうだろ。贅沢に育った繁さんが、この通りの貧乏暮らしになじめるとは思わなかったんだ。まわりに祝ってもらえなかったし、祝言もしなかった。でも、そのころは、そんなこと何とも思っていなかった。だって、繁さんと二人でいるだけで幸せだったから」

梅乃と紅葉は言葉をなくして、ただうなずいている。

「あの壺はさ、娘が三歳になったときに買ってくれたんだ。今まで何にもしてやれなかったからって。茶人のところにいたときの兄弟子の口利きで安く買えた。自分の身に何かあった時には、これを売りなさいって」

梅乃はびっくりして、思わず叫んだ。

「そんな大事な、思い出の壺だったんですね。それを壊しちゃったんだ」

「そうだよ。だから言ったじゃないか。大事な壺だって。繁さんとの思い出が消えちまうよ。悲しくて悔しくて、思わず如月庵に怒鳴り込んじまった」

「そっかあ。それじゃあ、怒ってもしょうがないよなぁ」

紅葉も同意する。

「猫のしたこととはいえ、本当に申し訳ありませんでした」

梅乃と紅葉はもう一度、深々と頭を下げた。

二人はかさ屋を後にした。

「やっぱり、ちゃんと直さないといけないわよね」

梅乃が言った。

「金継ぎだろ？」

紅葉が答える。しかし、金継ぎにはお金がかかる。

「私たちはどれぐらいあそこで働かなくちゃならないのかしら」

「そうだねぇ」

水茶屋でお茶を飲んで、団子を食べたとしても、その金額はわずかなものだ。しかも、二人の取り分は三割。砂を積んで山にするような感じがする。

「とにかく、一度、割れた壺を金継ぎの職人に見せてみようよ。考えるのはそれからだ」

紅葉が言った。

お蕗にたずねると、上野広小路に金継ぎをする小さな工房があると教えてくれた。職人が一人でやっていて、上手だし、安くて親切だという。

翌日、お伝に壺を借りて、その工房をたずねた。

入り口で案内を乞うと若い娘が出てきた。割れた壺を継いでほしいと言うと、奥の板の間に案内された。

「その壺を見せてもらおうか」

白髪頭の職人が言った。

紅葉が木箱を開けて、中の壺を取り出した。

「ほう、これはきれいに割れたもんだねぇ。真っ二つか」

「私たちがかわいがっていた猫が壊してしまって。二人で弁償するって約束なんです。直りますでしょうか」

梅乃がたずねた。

「ああ。ここに漆を塗って貼り合わせれば元通りきれいになるよ」

その言葉を聞いて、二人はほっとした。

「だけど、金継ぎはお金がかかるんだろ。いくらぐらいなんだい？」

紅葉がたずねた。

「へ、金継ぎ？　あんたたち、この壺を金継ぎするつもりなのかい？」

職人は驚いた顔をした。

「これは湯島天神の前のかさ屋のお伝さんのものです。亡くなったご主人が残してくれた思い出の品で、自分の身に何かあったら、これを売りなさいって言われたそうです」

梅乃は答えた。

するると、職人は「ははは」と大きな声で笑った。

「これはまがい物だよ。しかも、あんまり出来が良くない。みやげ物屋で売っているんじゃないのかい」

「そんなはずないです」

梅乃が言った。

「お伝さんは立派なもんだって信じているんだ」

紅葉も口をとがらせた。職人はまああというように、二人をなだめた。

「まぁ、壺とか、茶碗にはよくある話だよ。何とかいう有名な人が焼いたものだとか、売れればひと財産になるとかね。だいたいそういうのは嘘なんだ。考えたって分かるだろ。そんなすごいもんは大名とかお大尽の蔵にある。ふつうの人の手に渡るはずがねぇんだ」

「まぁ、そうですけど……」

梅乃はうつむいた。

「別に金を使わなくてもいいんじゃねぇの。漆でつないで、似たような土の粉をかけておく。そうすれば、継ぎ目は目立たなくなるよ。それなら安いよ。あんたたちでも払えるよ」

「うん、分かった。それがいい。それで頼むよ」

紅葉は納得した。

それで、土の粉を使うことで話をまとめて工房を出た。

だが、梅乃はなんとなく腹のあたりがむずがゆいような変な感じがした。

「ねぇ、あれでよかったのかなぁ」

「どうして？」

紅葉がたずねた。

「だって……」

みやげ物の安物の壺なら、土の粉で十分だ。

だが、お伝にとってあの壺はどこにでもある安物の壺ではない。死んだ繁次郎が残してくれた大事な思い出の品だ。自分がいなくなった後で何かあったら、この壺を売ればいいという一言に、繁次郎の真心を感じたに違いない。

だから、お伝は大事にしていた。

割れたときには血相を変えて怒った。

その壺がまがい物だと知ったら、お伝はがっかりするだろう。

繁次郎に裏切られたように思うかもしれない。

きっと傷つく。

あの壺は、なにがなんでも本物でなくてはならない。

本物にふさわしく金で継ぐ必要がある。

「だから、金継ぎでなくちゃだめなんだよ」

「えー。だってぇ」

ぶつぶつ文句を言っている紅葉の手を引いて、大急ぎで工房に戻った。

「すみません。やっぱり、金継ぎでお願いします」

「そりゃあ、いいけど。あんたたちが払うんだろ？　金のあてはあるのか？」

職人は心配そうな顔をした。

「それは……、なんとか考えます。よろしくお願いします」

梅乃は頭を下げた。


「どうしよう」

工房を出た途端、梅乃は言った。

「何だよ。あんたが言い出したんだよ……よし、いいことを考えた。あの家のいらない物を屑屋に売って金に換えよう」

紅葉はきっぱりと宣言する。

「だって、あの家にあるものはみんなお伝さんのものなのよ」

それを売って金に換えて、金継ぎの代金にあてるのはまずいのではないか。

「どうしてだよ。だって、あたしたちはお伝さんの店で働いた金で壺を直そうとしているんだよ。お伝さんの家にあるものを屑屋に売って、壺を直すのとどう違うんだよ」

「えっと、ううん」

同じようにも思えるし、違うようにも感じる。

「でもさ、あの家にあるのはお伝さんの思い出のものなんでしょ。だから、屑屋さんに出さず持っているんじゃないの？」

「そりゃあ、思い出のものもいくつかはあるさ。だけど、だいたいはいらないものなんだ。お伝さんは物を溜め込み過ぎて、どれが思い出のものか、どれが違うのか分からなくなっている」

紅葉の言うことも一理ある。

雑巾が欲しいと頼んだとき、箱や風呂敷包みを開けて探していた。お伝は自分でもどこに何があるのか分からなくなっているらしい。

「だからさぁ、とにかく荷物を減らさないと。そうでないと、しま吉とたまはまた、あそこで遊びたがる。なんか壊すに決まっている」

「そうね。それを忘れていた」

梅乃も納得した。


「じつはね、少し、ここにある荷物を整理させてもらいたいんですけど」

かさ屋に戻るとさっそく、紅葉はお伝に切り出した。

「整理するって、どういうことだい。ここにあるのは、全部大事なものなんだよ」

「でも、少し多くないですか？　大事なものを残して、そうでないものを屑屋さんに出したら、ずいぶん部屋が片付きますよ」

「そうだねぇ」

お伝は困ったように首を傾げた。

「残しておいてほしいというものはそのままにします。そうしないと、また、猫が入り込んで暴れるかもしれません」

梅乃が続ける。

「なるほどね」

「じつは壺が大きかったので、金継ぎにはかなりお金がかかるのです。いらないものを売って、その代金にあてさせてもらいたいんです」

紅葉が言う。

「そういうことか」

「はい。すみません」

二人は、また、頭を下げた。

「分かったよ。店に来るお客の数なんか、たかが知れている。いらないものを売った方が早道かもしれない」

お伝も納得した。

それで三人はとりあえず、棚の横に積み上げている風呂敷包みからはじめることにした。

「これは、えっとなんだったたっけねぇ」

お伝は包みを開く。

「ああ、これは、そうか。古い浴衣だよ。ほどいて、なにかにしようと思ったんだ」

そう言って、包みなおす。そして別の風呂敷包みを取り出す。

「これはほごにした紙だね。ふすまの裏紙に使えるからとっておいてあるんだ」

また包みなおす。

これではまったく仕事にならない。

そんなことをしているうちに、下の方から立派な桐の箱が出てきた。

「あ、なんだか、お宝が出てきた」

紅葉が叫んだ。

「ああ、それは、お客用の湯飲みだよ。どこに行ったかと思っていたら、そんなところにあったのか」

中を検めると瀬戸焼の煎茶茶碗が出てきた。白地に藍色で花が描かれたきれいなものだ。この茶碗で飲んだら、お茶もおいしいことだろう。

蓋をしようとするお伝の手を梅乃が止めた。

「この茶碗を使いませんか」

「だって、今使っているのがあるじゃないか」

「だから、あれをやめて、こっちを使うんです」

「そうだ。それがいいよ。だって、今の茶碗はあちこち欠けているじゃないか」

紅葉が言った。

「もったいないよ」とお伝。

「使わないほうがもっと、もったいないよ」と紅葉。

お客だって、いつ来るか分からない。そもそも、自分でも置き場所を忘れていたではないか。

「上等の茶碗で飲めば、お茶もおいしいですよ。気持ちがいいじゃないですか。ていねいに扱えば、そうそう欠けたりしませんよ」

お伝は水屋にある自分の湯飲み茶碗に目をやった。

そして、桐箱の中で白く輝いている瀬戸茶碗をもう一度眺めた。

「あたしも、あともう何年生きるか分からないしねぇ」

そうですよとは言えないから、梅乃と紅葉は無言でうなずく。

「じゃあ、これを使うことにするか。それで、あっちを屑屋に出すと」

「よし」とばかりに梅乃と紅葉は目を交わす。この方法で行けばいいのだ。

簞笥を開けると、新しい浴衣が何枚も出てきた。

「お伝さん、寝巻も新しくしましょうよ」

梅乃の言葉に、お伝はまた困った顔になる。

「風邪をひいたらお医者さんが来るんだよ。宗庵先生ならいいかもしれないけど、桂次郎先生は若くてすてきだよ。新しいきれいな寝巻でないと恥ずかしいよ」

紅葉に言われて、お伝は驚いたように目を見開いた。そんなことは、考えたこともなかったという顔をしている。

「そうか。人に見られることもあるのか」

「ありますよ」

梅乃も言葉に力をこめる。

お伝はふと自分の着物に目をやった。

もう何年着ているのか分からないほどに糸が細くなっている。布が薄くなったところは布を当て、ほつれれば繕っている。だが、目が悪くなったせいか針目もそろっていないし、当て布も緑に茶と、てんでんばらばらだ。

毎日見ているからお伝は何も感じていないのかもしれないが、はっきりいって、それはそうとうにみすぼらしい。そうして、生乾きの布のようないやな臭いがする。

「着物も新しいのに、しましょうよ」

思い切って、新しいものに着替えたらどんなにさっぱりするだろう。

梅乃が誘う。

「そうだねぇ」

「あるんだよね。いいのが何枚も」

「いや、何枚もはないよ……」

そう言いながら別の箪笥から、着物を取り出す。

「これなら普段に着てもいいよ」

渋い茶の着物は、まだ仕付け糸がついている。一体、いつから、この家にあるのだろう。

そんな風にしてお伝の周りのものを少し整理した。

結構長い時間がかかったが、片付けられたのは風呂敷包み五つほどだ。

お伝は新しい着物になり、部屋の中も少し風通しがよくなった。

めずらしく自分で野菜を運んできた八百屋の隠居が杉治にたずねた。

「あの青天堂の孫娘助けたってぇのは、お前さんじゃ、ねぇのか」

「いや、なんですか。突然」

大根を刻んでいた杉治の手が止まった。

隠居はつるりとした丸い頭をひとなでると、にやりと笑って、傍の空き樽に腰をかけた。齢七十を超えているが小日向(こひなた)にある一心館(いっしんかん)という剣道場に通っていて、毎朝素振り五百回を欠かさない。年寄りと思ってなめてかかれば、こてんぱんにやられてしまうという猛者である。

「だってさぁ、ああいうとっさの時に体が動くっていうのは、それなりの心得があるんだよ。俺はさ、ここいらの剣道場でそこそこの腕の奴はみんな知っている。顔見知りだ。聞いたけど、違うんだ」

「それで、なんで俺なんですかい？」

杉治はたずねた。

「うん、まぁ、勘だよ」

そう言って杉治の胸板にちらりと目をやった。

「あんた、いい体をしているよ。一朝一夕じゃ、こうならない。若いころから鍛えている。目もいいんだ。その目は道場じゃねぇな。真剣白刃の勝負をするやつだ」

「困ったねぇ。そりゃあ、毎朝、多少、体を動かしてはいますけどね、そんなのは目覚ましみたいなもんだ。板前は刃物を使いやすから。まぁ、そのときは真剣ですけどね」

そう言って運ばれてきた青菜に手を伸ばした。

突然、隠居は杉治の腕をぐいとつかみ、自分の方に引き寄せた。とっさに杉治は腕に力をこめ、隠居の手をはずした。

隠居はにやりと笑った。

「ほら、みろ。俺の目は節穴じゃねぇんだ。おめえ、なんで青天堂に名乗り出ねぇ。主人は大枚を用意しているそうだ。もらって困るもんじゃねぇだろう」

「いや、俺じゃねぇ。本当だ。あの日も、いつものようにここで仕事をしていたんでさ」

「ふん。まあ、いいや。そういうことにしといてやる」

隠居は帰って行った。

その後ろ姿が消えると、竹助が小さな声で言った。

「俺も乾物屋の親父に聞かれました。杉治さんじゃないのかって。人違いだって答えましたけど」

「どうしてだ。なんで、お前、今まで黙っていた」

思わず杉治の声が高くなった。

「……杉治さん、自分じゃ気がついていないと思うけれど、後ろ姿が板前じゃないんですよ」

「じゃあ、なにみたいなんだ」

「分からないけど、鳶とか……」

杉治は黙った。

——背中か。

たしかに仲間の中には太ったり、背中を丸めて年寄り臭く見せている者もいた。だが、杉治はそれが嫌だった。若い時のように機敏に動ける体でいたかった。如月庵にいたから、それができたのだが。

だんだん、何かが近づいてくる気がした。


梅乃が洗い物を持って井戸に行くと、女が不要品を集めた風呂敷包みをのぞいていた。年の頃は四十過ぎか。背がすらりと高く、目鼻立ちの整ったきれいな顔立ちをしている。

「ねぇ、あなた、この荷物をどうしたの?」

女は顔をあげると、梅乃にたずねた。

「えっと、家の片付けをして出てきたいらなくなったものです。屑屋さんに売るつもりです。……中身は古い布とか、欠けた瀬戸物とかです。お伝さんには、屑屋さんに出していいと言われました」

「じゃあ、あんたが、これを捨てさせたの?」

言いながら、手は休まず風呂敷包みの中身を確かめている。

「ねぇ、なんて言って捨てる気にさせたの。だって、あの人、本当にぼろぼろになったものでも捨てないでしょ。あたしも困っているのよ。だって、こんなに物がたくさんあったら、何がどこにあるのか分からないし、火事でも出されたら困るし。それで、あなたはだれ？　ここで、何をしているの？」

「あの……、私は如月庵という宿の部屋係の梅乃です。もう一人、紅葉というのといっしょに、ここで手伝いをしています。あの、お客さんは……」

「あたしは妙。お客じゃないわよ。お伝の娘。今は嫁に行って上野広小路の砂屋という料理屋のおかみをしている」

梅乃は如月庵で餌をやっている猫がお伝の大事にしていた壺を壊した話をした。

「だから、この店で働かせてもらい、その手間賃を金継ぎの代金にあてることにしたんですけど、とってもそれだけじゃ足りないから、少し家の中のものを整理してお金に換えているんです」

「壺って、あの白い壺？　花の描いてある？」

「はい」

「だってあれ、安物でしょ。金継ぎなんてもったいないわよ」

妙はあっさりと言った。知っていたのか。

「職人さんにも同じことを言われました。でも、お伝さんはご亭主からもらったって大事にしているから……」

「本当のことを言えないってわけか。いい子たちだねぇ」

薄く笑った。

「おとっつあんはね、やさしい人。いっしょにいて面白くて楽しい。でも、夢の中に住んでいるのよね。こうならいいな、こうしたいなってことがだんだん本当に思えちゃうの。本人はいいけど、まわりは苦労するのよ。でも、おっかさんはおとっつあんに惚れているからね、だまされたと思っていない。みかんを拾ってもらった話も聞いた？」

「はい」

「おとっつあんはさ、浮世絵で話題になった茶屋の娘と仲良くなりたかったのよね。坂道を歩いていたら、その子が向こうからやってきて、みかんを転がし、それをおとっつぁんが拾った。話をするきっかけができたわけ。おとっつぁんはうれしくて、つい、いつもの癖が出た。こうならいいなぁということをしゃべった」

「つまり、少し話が大きくなっていたということですか？」

「そう。本当の名前は茂蔵（しげぞう）。狭山の茶農家の息子というのは嘘で、土地を持たない小作。池之端の茶人のところで修業をしていたのも違う。ただの下働き。そんなことは、すぐばれた。おじいさんは『そんなこったろうと思った。狭山の茶農家の息子がうちのお伝に惚れるわけはねぇ』って笑っていたそうだけどね」

梅乃は黙った。

坂道を黄色いみかんがころころと転がっていく。

浮世絵に描かれたほどの若くかわいらしい人気の茶屋の看板娘。

みかんを拾う青年、繁次郎。大きな茶農家の息子で、今は茶人のもとで修業をしている。きれいな指をしていて、物知りで面白い話をたくさんしてくれる……。

梅乃が思い描いた美しい恋の物語が消えていく。

「そんな話、聞きたくなかったです。そんな風に言われたら、お伝さんがかわいそうです」

「あれぇ、そんなに贔屓にしてくれているのかい。そりゃあ、悪かったね。こっちはそういうおとっつあんとおっかさんに苦労をさせられた方だからね」

妙は、あははと笑った。

「それよりさ、あたしからもお願いするよ。ともかく、この家をきれいにしてくれないかい。あたしが言うと喧嘩になっちまうからさ。もちろん、その分の駄賃は払う。なんなら、その金継ぎの代金をあたしが持ってもいい」

「いや、そんなことできません」

そう言いかけたら、突然、紅葉が姿を現した。

「ありがとうございます。そうさせてください。お願いします」


それから二人は張り切って働いた。

だが、水茶屋の仕事もしながらだから、なかなかはかがいかない。しかも、いちいち、お伝が「これは大事だ」「まだ使える」と渋るのだ。風呂敷を五つも、六つもほどいて、やっと小さな風呂敷一つ分をあきらめてもらう。これでは、片付けが終わるまで何日かかるか分からない。

夕方、如月庵に戻る途中、紅葉が言った。

「たとえばさ、一回、如月庵に泊ってもらうっていうのはどうだ？」

「その間にすっかり片付けちゃうの？　それはだめだよ」

梅乃はあわてて答えた。

「そうじゃないよ。つまりさ、ちょっと気持ちを切り替えてもらうんだよ。あの家にいると、あれが普通だと思うよね。でもさ、あの家は普通じゃない」

家全体に黴くさいような、ほこりっぽいような、湿った妙な臭いがしみついている。それは、風呂敷包みや木箱や簞笥の中身から生まれてくるものなのか、古くて固い布団のせいなのか分からない。はじめて部屋に入ると驚くけれど、長年そこに暮らしているお伝はもうすっかり慣れっこになって、なんとも思わないらしい。

いろいろなものが寄せ集まり、よく整理されないままに積み重なり、足の踏み場もないようになっていることだって、普通ではない。だが、お伝にはそれが日常だ。

「だからさ、そうじゃない世界もあるってことに気づいてもらうんだよ。明日、妙さんに相談してみないか」

紅葉はそう言った。

物知りの樅助に場所を聞いて、砂屋をたずねた。格式の高そうな立派な構えの料理屋だった。裏に回ってたずねると、妙が出てきた。

「おや、お二人さん。かさ屋のほうで何かあったのかい？」

妙がたずねた。

「いえ。二人で相談したんですけど、お伝さんに一晩、如月庵に泊ってもらったらどうかと思うんです」

「いいねぇ。その間に、いらない物をみんな捨てちまうのかい」

考えることは、みんな同じだ。

「いや、そうじゃなくて」

梅乃はかさ屋から少し離れてもらいたいのだと言った。

「部屋が片付いていると気持ちがいいとか、布団がやわらかくて暖かいとか、そういうことを思い出してもらいたいんです。今、お伝さんが当たり前だと思っていることが全然当たり前じゃないってことに気づいてくれたら、片付ける気持ちになるんじゃないかと」

「なるほどねぇ。いい思い付きだ。そんなら、そのお代はこっちで持つよ。あたしもいっしょに一晩泊るからね。考えたら、おっかさんとゆっくり話したこともないんだ。たまには親孝行の真似事でもしたいよ」

「いいんですか?」

紅葉はたずねた。

「それぐらいは心配ないよ」

妙は答える。

「ありがとうございます」

二人は礼を言った。

ふと、顔をあげると、塀の向こうに金継ぎの工房の看板が見えた。初めて気がついたが、砂屋は金継ぎの工房の裏手にあるのだ。

「ああ、そうだよ。あそこにはうちも世話になっている。器が欠けたりすると、直してもらっているんだよ。だから、あんたたちが持ち込んだ壺のことも、親父さんから聞いた」

妙は当然という顔で返事をした。

「それで、この人がかさ屋に来たのか」

紅葉が合点した。

「そうだよ。若い娘が二人やって来て、安物の壺を金で継いでくれっていうんだもの。向こうはお代をもらえるのか心配になるじゃないか。あたしがかさ屋の娘だって知っているから相談に来た。それを聞いてあたしも、一体何が起こっているんだろうって気になって、たずねていったんだよ」

妙は種明かしをした。

「いろいろありがとうございます」

梅乃と紅葉はまた、礼を言った。

「じゃあ、おっかさんにはあたしから伝えるから、そっちの方は話をつけておいてくれ。明日の昼には行くから」

2

お伝と妙が如月庵にやって来て、お松が出迎えた。

「このたびは大変申し訳ないことをいたしました。どうぞ、今晩一晩、ごゆっくりお過ごしください。私ども、精一杯、務めさせていただきます」

「ああ、いやいや、もう、壺のことはいいんだよ。お宅の二人に世話になっているのはこっちの方さ」

お伝は答えた。

部屋係には梅乃がなった。

用意した部屋は池之端あたりがよく見える二階である。床の間の軸は秋空を雁が飛ぶ姿で、茶壺を抱えた小さなたぬきの人形を飾っている。

二人を案内すると、妙はうれしそうに部屋を見回した。

「明るくて気持ちのいい部屋だねぇ。ほら、おっかさん、ここから池之端が見えるよ」

妙の言葉で、お伝は窓に寄った。

「ああ、きれいだ。上野のお山が色づいているねぇ」

そんなことを言いながら、お伝はじっと眺めている。

「お茶が入りました。いかがですか」

梅乃は声をかけた。

お伝は湯飲みを手の平で包んでいる。

「ああ、いい香りだねぇ」

「ほんと、あたしもこんなにのんびりするのは久しぶりだ」

妙が言った。

「店はいいのかい。忙しいのに悪かったねぇ」

お伝が申し訳なさそうにつぶやく。

「大丈夫よ。うちの人もいるんだし、あたしが一晩くらいいなくたって、店はまわるの」

妙はくつろいだ様子を見せた。

「あんたのおとっつあんは、若いころ、池之端の茶人のところで修業をしていたんだよ」

お伝が言った。

「知っているわよ、もう、何度も聞いたもの」

妙が答える。

「そうだったねぇ。ずいぶん、昔のことになっちまったねぇ」

お伝は遠くを見る目になった。

「今日は二人でゆっくりここに泊ってご飯食べて、たまにはいいでしょ。それで、死んだおとっつあんの思い出話でもしよう」

「こんな立派な部屋、もったいないよ」

「いいじゃないの。おっかさんは一度もこういうところに泊ったことはなかったし」

「そうだけど」

「大丈夫、それぐらいのことは、あたしできるようになったから」

「あんた、お店のほうはいいのかい」

お伝はまた、同じことを聞く。

「大丈夫よ。一晩くらいおかみがいなくても、店は回るの。うちの人もいるしね」

妙は答える。

「あんたのおとっつあんは、若いころ、池之端の茶人のところで修業をしていたんだよ」

また、繰り返す。

妙は手で床の間の飾りを示した。

「ほら、見て。茶壺を抱えたたぬきだわ。これ、おとっつあんかしらねぇ。なんだか、顔が似ているわよ。きっと、このたぬきも口が上手よ」

「そんなことを言うもんじゃないよ。あんたおとっつあんにずいぶん、かわいがられたんだよ。もう、すっかり忘れちまったんだろうけど」

お伝は少し不満そうに言った。

温かい風呂にゆっくり入って、戻ってくると夕餉である。

鯛としいたけ、ぎんなんなどにすりおろしたかぶを和えて蒸したかぶら蒸し、やわらかく炊いた里芋にたたいたえびの葛あんをかけたもの、香りのいい三つ葉の和え物など、やわらかくて食べやすいものが膳に並んだ。杉治がお伝のことを考えて用意したのだ。

「おいしいねぇ。こんな贅沢をしたら体がびっくりするよ」

お伝は目を細めた。

梅乃が綿がたっぷり入ってやわらかそうな布団を敷いていると、お伝はまた「もったいない」と言い出した。

「いいじゃないの。今日だけなんだから。明日、家に帰ったらまた、あの煎餅布団でしょ」

妙がつけつけと言う。

「煎餅布団だなんて言わないでくれよ」

「だって本当なんだもの。打ち直せばいいのに。綿をたっぷり入れて」

「だってあんた、金がかかるよ」

「お金ならあるじゃないの。使いなさいよ。もう、何年、生きていられるか分からないんだから」

言いにくいことをすぱりと言う。仲が悪いわけではない。妙は母親のことを心から心配しているのだ。だから思っていることがそのまま口に出る。

「そうだねぇ。そうしようか」

お伝は笑った。

部屋係たちが休憩に使っている溜まりに行くと、紅葉やお蕗がいた。

「どう、うまくいっているかい？」

お蕗がたずねた。

「うん。ご飯もおいしいってたくさん食べてくれたし、お風呂にも入って、布団に入った」

梅乃は答えた。

「そうか。じゃあ、よかったね」

お蕗が言った。

「ご飯も、お風呂も、布団も、いちいちもったいない、もったいないって言っている」

「そうかぁ。そうだよね。ここことあの家じゃ天と地だ」

紅葉も言いにくいことをあっさりと言う。

「じゃあさ、梅乃、今晩はちょっと注意してやんな。食べなれないものを食べると腹を壊すだろ。いつもの暮らしと違い過ぎると、体がびっくりするから」

お蕗が言った。

「ちょっと、あたしの部屋に来てくれないか」

お松に呼ばれて、杉治が部屋に行くと、このあたりを仕切っている十手持ちの富八がいた。

濃紺の縞の着物を着た五十がらみの男で、ごま塩頭で顔に古い傷がある。丸っこい体つきだが、肩にも腕にも固い肉がついているのが分かる。

「いやあ、杉治さん、忙しいところすまないねぇ。じつはさ、さっき、おかみと話をしていて、ふっと思い出したことがあったんで呼んでもらったんだよ」

富八は穏やかな様子で言った。

「じつはね、人捜しを頼まれていてね。少し前の話だけど、上野広小路で馬が暴れたんだ。小さい女の子が馬に蹴られそうになったところを、助けてくれた男がいる」

その話か。

「へぇ。そんなことがあったらしいですねぇ」

杉治は用心深く答えた。

「その女の子っていうのは、薬種屋の青天堂の孫娘だそうだ。青天堂は礼金をつけて命の恩人を捜している。ところが、おかしなことにだれも名乗り出ねぇんだ」

「はあ」

富八はのんきな様子でお松のいれた茶を飲んだ。

「まぁ、そっちはどうでもいいんだけどさ。こっちが頼まれたのは別口だ。その一部始終を見ていた御仁がいてね、自分の父親かもしれないから捜してほしいと言って来た。黒門町（くろもんちょう）の鍵屋のお内儀で夏って名前だ。父親は文吉」

夏。

娘の名前だ。そして、文吉は当時、杉治が名乗っていた名である。

杉治は思わずびくりと体を動かした。

「文吉は北国の雄藩の江戸屋敷の料理人だったが、ある日、姿を消してしまった。夏さんが七つのときだそうだ」

「そんな昔に別れたのに、よく父親だって分かったもんだ」

「俺もそう思ってたずねたんだ。そうしたら、こう答えた。自分が子供のころ、同じように馬が暴れて、仲の良い友達が蹴られそうになった。そのときのおとっつあんも、あんな風に助けてくれた」

「いや、それは……」

そんなことがあっただろうか。

あったかもしれない。

いや、たしかにあった。

だが、その場にいたのは夏とその友達だけだったから、心配ないとそのまま忘れてしまっていたのだ。

杉治はごくりとつばを飲み込んだ。

「その夏さんって方は、今は、どうしていらっしゃるんですかい？」

ふつうにたずねたつもりだったが、声が少しかすれた。

「うん。だから、黒門町の鍵屋に嫁いで子供が二人いる。母親は五年前に亡くなったそうだ。なにしろ父親が突然いなくなっちまったから、母子は苦労をしたらしいよ。だけど、母親はいっさい恨み言を口にしなかったそうだ。文吉は真正直な男だ。自分たちをおいて姿を消したのには訳がある。やむにやまれぬ事情があったに違いないって」

「そうですかい。……よくできた人だったんですねぇ」

杉治はそう答えるのがやっとだった。

「文吉もいい亭主だったんだろうな。まぁ、そんな訳だ。もし、その男に心当たりがあったら伝えてくれ。夏さんが会いたがっているってな」

そう言うと、富八は身軽な様子で立ち上がった。

お松は富八を見送りに玄関に行った。

杉治だけが部屋に残された。

夏が生きていた。そうして自分に会いたがっている。

思いがけないことで体が震えた。

だが、ふと疑念がわいた。

本当に夏なのだろうか。七つで別れた父親だ。覚えているはずがない。よくできた嘘かもしれない。

そうやって人の一番弱いところをついて、おびき出す方法があるのだ。

罠だ。きっとそうだ。

だが、もし、本当に夏だとしたら。

杉治の頭の中でふたつの考えが、ぐるぐると回った。


昼間のお蕗の言葉が気になったのか、梅乃は夜中に目が覚めた。

玄関のあたりまで来ると、ぼそぼそ話し声が聞こえた。お伝と樅助がしゃべっているのだった。

「なんだか、あんまり布団が立派なんで寝ていたら暑くてのぼせちまったんだよ。まったく貧乏性だよ」

「はは。そういうこともありますよ。お客さんは、たしか……、かさ屋さんの一人娘……」

「そうだよ。あたしはあの家で生まれたんだ。今寝ている布団は死んだ亭主といっしょになったときからだから、もう五十年だよ。綿を打ち直したり、布団側（がわ）を替えたりして、使い続けてきた。その間に子供が生まれて、今じゃ、あんな偉そうな口をきく娘になった」

「そりゃあ、めでたい」

縦助が穏やかに相槌を打つ。梅乃は廊下の途中で立ち止まった。

「さっき、梅乃さんから聞いたけど、あんたは一度見たこと、聞いたことは忘れないで、全部覚えているんだってね」

「そうですよ。いいことも、悪いこともあるけど、下足番という今の仕事には役に立っている」

縦助が答えた。

「うらやましいねぇ。あたしなんか、今朝のことも覚えていられない」

「その代わり、昔のことは覚えているでしょう」

「まあねぇ。ずいぶん、細かなことまで覚えているよ」

「じゃあ、お客さんにとってそれが大事なことなんですよ。忘れちまったのは、覚えていてもしょうがないことだ」

「そうかねぇ」

「なんでも覚えているっていうのも、苦しいことですよ。だって悔しいことも、悲しいことも、覚えている。恨みだって忘れられない」

「そうだねぇ」

「年をとるっていうのは、あの世に近くなることだからさ。人を憎んだり、恨んだりしたままだと、閻魔様の方に引っ張られちまう。物忘れをするくらいでいいんだよ。うれしいこと、幸せなことだけ、覚えておくんだよ」

「そういう考えもあるかねぇ。いや、まったくだ」

お伝が答えた。

それで話し声はしばらく途絶えた。

静かな夜で、虫の声が聞こえた。梅乃は踵(きびす)を返して戻ろうとした。その時、お伝の声が聞こえた。

「思い違いっていうのがあるだろう。たとえばさ、こうあって欲しいと思っていると、だんだんそれが本当のことのように思えて来るとかさ」

「思い当たるようなことがあるんですかい？」

「うん、まぁ、ほかでもない、あの壺のことなんだけどね」

梅乃は足を止め、気配を消した。

「あたしの亭主っていうのは、お調子もんの見栄っ張りでね。悪い人じゃないんだよ。人を喜ばせようと思うとね、つい話を大きくしちまうんだ」

「やさしい人なんだね」

「そういうのをやさしいって言うのかねぇ。たしか娘が三つぐらいのときだったよ。突然、桐箱を抱えて戻って来たんだ。そしてまじめな顔で言ったんだ」

——知り合いの京の茶人が亡くなって、いくつか品物が出た。ちょっとした小金があったから、この壺を買った。有名な陶芸家が焼いたものだ。もし、俺に何かあったときは、これを売ってくれ。

「あたしはそう言ったときの亭主の顔も口ぶりも、はっきりと覚えている。夏にしてはやけに涼しくて、妙が咳をしていてそれが心配だったってことも。だけど、つらつら考えてみると、つじつまが合わないことがたくさんあるんだよ。だって、壺をくれたとき、亭主はまだ三十にもならなくて、相変わらずの道楽者で、あたしが店で稼いだ金を持ち出していた」

「知り合いの京の茶人って言うけど、あの人は池之端の茶人のところもとっくに出ていたから、茶人の知り合いなんていないはずなんだ。たとえいたとしてもさ、ちょっとした小金でそんな立派な壺が買えるものなのかい？」

「そこは、なかなか難しいところだねぇ」

縦助は静かに相槌を打って話を先に進めさせる。

「あの壺は偽物なんだよ。分かっていたけど、あたしは亭主の嘘を信じた。やさしい言葉をかけてくれたのがうれしかったから。そうして何年も経つうちに、あたしは本当のことだと思い込むようになった」

「はは。もう、今さらどっちだっていいじゃないか。あの壺は本物だ。ご亭主がお客さんやお嬢さんの行く末を心配して、身銭をきって買ってくれたんだ」

「だけどさ……」

「今さら恨み言を聞かされても、亡くなったご亭主だって困るだろうに」

「でも、それじゃあ、あの子たちは安物のために一生懸命働いているってわけかい？」

「違うよ。かわいがっている猫のためだよ」

「なるほど」

「そうか。猫のためか」

妙に納得したようにお伝がつぶやいた。

梅乃はそっと足音をしのばせて寝床に戻った。


翌朝、お伝はすっきりとした顔で朝の膳についた。姿が見えないと思ったら、家に戻っていたという。

「まったく、おっかさんたら、どこに行ったのかと思ったら、家で何してたの？」

妙がたずねた。

「うん。家もあたしがいないんで、心配しているんじゃないのかと思ってさ。それでいろいろ見て来たんだよ」

「どうだった？ 別に変わったことはなかったでしょ」

みそ汁を飲みながら妙がたずねた。

「ああ、全然変わりなかった。お前の言う通りだ。改めて見たけど、ひどい煎餅布団だった」

鯵の干物を食べながらお伝は答えた。

「そうでしょ。あたしの言った通りでしょ」

妙は満足そうにうなずく。

「家全体が湿って埃臭かった。あの猫はさ、あたしの家をどこかの納戸か物置と間違えたんだね。だから、あそこで遊んだんだ」

梅乃はほっとして、お伝の茶碗にご飯のお代わりをよそった。

「よかったじゃない。気づいて。一晩、ここに泊った甲斐があったわ」

妙は言う。

「そうだね。布団を打ち直しに出すよ。布団屋に来てもらうよう、声をかけてきた」

「あら」

「それでね、布団のお代を稼がなくちゃならないから、家の荷物も少し、整理する。屑屋に出すことにした」

お伝は遠くを見る目になった。

「年取ったら、身軽にならなくちゃいけないんだってさ。ここの下足番に言われたよ。物がなくなると、思い出もなくなっちまうようで悲しかったんだけど、それで忘れるようならたいしたことじゃないんだってさ。ああ、おいしかった。こんなにおいしい朝餉は久しぶりだよ」

そう言ってお伝は箸をおいた。

梅乃は食後のほうじ茶をいれた。お伝は湯飲みを手の平で包んで香りをかいだ。

「お茶はいいねぇ。あんたのおとっつあんは、若いころ、池之端の茶人のところで修業をしていたんだよ。その話は知っているだろ」

お伝が言った。

「そうだっけ。忘れちゃった」

「なんだよ。自分の父親のことだろう。湯島の坂のところで、あたしの持っていたかごからみかんが転がってね……」

もう、何十回、何百回と繰り返したであろう話をお伝は語りはじめた。

それから毎日、梅乃と紅葉はかさ屋に通った。そして、たくさんの風呂敷包みや木箱の中身を検め、その大半を屑屋に売った。妙が相当助けてくれたのか、金継ぎの払いも無事すんだ。

すっきりと片付いた部屋には、立派な違い棚がある。そこにきれいに直した壺をおいた。

妙がたずねて来て言った。

「こうやって見ると、立派な壺じゃないの」

「当たり前だよ。繁さんは名のある陶芸家のものだって言っていたよ。あたしに何かあったらこの壺を売って金にしておくれ」

「そうね。おっかさんが寝込んだら、壺を売って薬代に換えるわ」

妙は答える。

「ああ。それでいい。そうしておくれ」

お伝がうなずく。


お役御免になった日、お伝は駄賃だといって二人に包みをくれた。中を開けると、かつお節が一本入っている。

「あんたたちの猫には、もう、ここで遊ばないようによく言い聞かせるんだよ」

「はい。わかりました」

梅乃と紅葉は元気のいい声で返事をした。

如月庵に戻ってかつお節をけずり、杉治にもらった白飯にかけた。

物置に行くと、陰からしま吉とたまが出て来た。しっぽをぴんとたてて、うるさいほど鳴きながらふたりの脚にからみつく。

「だめだよぉ。それじゃあ、歩けないじゃないか」

紅葉がうれしそうに笑う。

「もう、よそでいたずらするんじゃないよ」

梅乃が背をなでる。皿をおくと、二匹は顔をうずめるようにして、がつがつと食べた。

気がつくと、裏庭の渋柿の実が色づいていた。毎年、干し柿にするのだ。

「ねぇねぇ、この柿が転がってね、それが縁で、すてきな人とめぐり合うなんてこともあるのかしら」

梅乃がたずねた。

「万にひとつもないんじゃないのぉ」

紅葉が身も蓋もないことを言って立ち上がる。

板場から煮物の香りが漂って来た。夕餉の時間ももうすぐだ。

第四夜

人形と旅する男

1

「四、五日宿をお借りしたいのですが。できれば次の間のある離れをお願いします」

男は万作（まんさく）と名乗った。訳あって旅をしているが、けっして怪しい者ではなく、宿賃も前払いをするという。

二十代の半ばで丸い目のやさしげな整った顔立ちをしている。ずっと旅をしているのか、顔も手も日に焼けて大きな風呂敷包みを背負っていた。

下足番の樅助はたずねた。

「どなたかのご紹介で？」

「いえ、この宿の前を通りかかったら、鈴（すず）さまがこの宿に泊りたいとおっしゃったんです」

万作はていねいな口をきいた。

「鈴さまとおっしゃるのはお連れ様でございますか？」

「はい、そうです」

「後からいらっしゃるんですか？」

「いや、そうではなくて……。今、ここにいらっしゃいます」

背中の荷物を指さした。いらっしゃるというからには、人である。だが、古く、色あせて唐草の模様もぼんやりとした風呂敷包みは高さが二尺（約60センチ）足らず。とても、人が入っているようには思えない。

「お連れ様は、この風呂敷包みの中にいらっしゃるんでございますね」

樅助は念を押した。

「はい。そのとおりです。姿は人形ではありますが、私にとっては大切なお方です。ですから料理も布団も二人分お願いしたいのです」

万作はひどくまじめな顔で伝えた。

「さようでございますか。承りました」

樅助は静かに答えた。


部屋係の梅乃は万作を庭の見える離れに案内した。楓が色づいている。床の間の軸は花かごに入った秋草で、香炉が飾られていた。

「お世話をさせていただきますので、よろしくお願いいたします」

梅乃はていねいに挨拶をした。

「こちらこそ、勝手を言いますが、よろしく頼みます」

万作はにっこりとした。丸い目が少し細くなってやさしい感じがした。風呂敷包みをほどくと、桐箱が現れた。蓋に『御人形　玉雲(ぎょくうん)謹製』と書いてあった。中には若い女の姿をした人形が入っていた。

「鈴さま。狭いところで申し訳ございません。宿に着きましたので、どうぞ、ごゆるりとお休みください」

万作は甘い声で話しかけながら、人形を抱きかかえた。

三日月の眉に切れ長の目、ふっくらとした頰。紅をさしたやわらかそうな唇の脇には、めずらしいことにえくぼがあった。紅色の京友禅の着物で金糸銀糸の帯をしめている。

「きれいな……方ですね」

万作は生きている人のように扱うが、どこからどう見ても人形である。

梅乃は人形という言葉を飲み込んだ。

「鈴さまとおっしゃいます。名のある人形師の手によるものと聞いております」

万作は床の間の前の座布団にそっと座らせ、自分は下座にさがって言った。

「鈴さま。これから私たちがお世話になる部屋係さんです。梅乃さんとおっしゃるそうです」

向き直ると「どうぞ、よろしくお願いいたします」と挨拶をしたので、梅乃もあわてて頭を下げた。

「至らぬこともあるかと思いますが、誠心誠意お世話をさせていただきます」

梅乃の言葉に人形はただ黙って座っていた。


部屋係たちが集まる溜まりに梅乃が行くと、お蕗と紅葉が待っていた。

「離れのお客さんはあんたがお世話をするんだろ。どんな人形だった？」

お蕗が興味津々という様子でたずねた。人形を連れた不思議なお客が来たことは、たちまち宿のみんなに広まった。

「きれいな若い女の人の姿をしている。えくぼがあるんだ。鈴って名前だって」

梅乃は答えた。

「えくぼがあるの？」

炒り豆をかじっていた紅葉が顔をあげた。

「うん。めずらしいよね。お客さんは人形を上座に座らせて、自分は召使のようにかしずいている」

「へぇ。それで人形に話しかけたりするのかい」

お蕗がたずねた。

「うん。『狭いところで申し訳ございません。宿に着きましたので、どうぞ、ごゆるりとお休みくださいい』って謝りながら箱から出していた」

「それで人形はなんか答えんの?」

紅葉が身を乗り出した。

「私には聞こえなかったけど……。お客さんはうなずいていた」

「命が宿っているんだねぇ」

お蕗がうなずく。

「名のある人形師がつくったんだって」

「ああ、そうだろう。そうでなくっちゃ」

何度も感心したようにお蕗はつぶやいた。

紅葉はなにか言いたそうに、目だけをきょろきょろと動かしていたが、思い出したように告げた。

「杉治さんには人形のことを伝えておいたほうがいいよ。料理は人形の分も用意してくださいって。訳を言っておかないと、また怒るから」

「あ、そうだね。忘れるところだった」

梅乃は板場の杉治のもとに走った。

何だか知らないが、ここ最近の杉治は少しいらだっている。ちょっとした行き違いで声を荒らげる。今までにないことだった。

「お人形を連れた離れのお客さんですが、ご飯は二人分とおっしゃっています」

「ああ、聞いてる。陰膳だな。なに、そういうお客は時々いるんだ」

意外にも杉治は平然として答えた。

「陰膳っていうのは旅先での無事を願って、その人の分も小さな膳を用意することだ。だけど、たとえばさ、亡くなった方といっしょにいる気持ちで旅をしているから、その方の料理も出してくれと言われることもあるんだよ」

「そうですか。そういうこともあるんですね」

いろいろなお客さんがいるものだと、梅乃は納得してうなずいた。

杉治は特別に鈴のための膳を用意した。膳の大きさはふつうの四分の一ほどで、合わせた器も小さい。そこに精進揚げや青菜の和え物､汁を美しく盛り付けてある。

梅乃が二人分の膳を運ぶと、万作は自分の膳はそのままに、鈴の食事からはじめた。

「鈴さま。いかがでございますか。おいしゅうございますよ」

話しかけながら料理を箸でつまんで、鈴の口元まで持って行く。もちろん鈴は食べないからそのまま器に戻す。それを繰り返す。

それは奇妙な眺めだった。梅乃も子供のころ、そうやって人形と遊んだことがある。だが、万作はひどくまじめに、真剣にやっている。

「こちらの板前さんが、特別に用意してくださったそうですよ。……そうですか。お気に召していただけましたか。それはよかったです。やはり、旅の楽しみは食べることでございますからね。宿の方に、よくお礼を申し上げておきます」

万作は鈴に語り掛け、鈴の返事を聞いているような素振りをする。

「今日はずいぶん遠くまでまいりましたね。早く、元のお家が見つかるとよろしいのですが。……ええ、お気遣いありがとうございます。でも、私のことはご心配いただかなくても大丈夫でございますから」

万作はゆっくりとていねいな仕草で箸を扱い、椀を持ち、鈴の食事の手助けをする。その様子があんまり自然なので、梅乃はだんだん本当に鈴が食べているような気がしてきた。

万作はたえず鈴に話しかけ、ときに笑う。

「そんなことはございませんよ。鈴さまはおやさしい」

鈴の声は梅乃には聞こえない。

整った美しい顔は動かない。黒い瞳は中空を見つめ、やわらかな笑みをたたえた唇は閉じている。

どれほど時が経っただろうか。万作は懐紙で鈴の口元をそっとぬぐい、梅乃の方に向き直った。

「ありがとうございます。鈴さまも大変お悦びでございます」

三つ指をついて礼を言った。

梅乃もあわてて居住まいをただした。

「こちらこそ、喜んでいただけてうれしゅうございます。板前にもよく伝えます」

ていねいに頭を下げた。

次の間に下がって、今度は万作の夕餉になる。

「汁を温めなおしましょうか」

梅乃はたずねた。

「いいえ、どうぞおかまいなく。私はただの使用人でございますから。鈴さまのおかげでこうして立派な宿に泊れます。本来なら、こんな贅沢な食事ができる身分ではないのです」

万作は身を小さく縮めてそう答えた。

うさぎかりすのような丸い目をしている。頬はふっくらとして、まっすぐな形のいい鼻をしている。体は細く、全体にきゃしゃなつくりだ。子供の頃は女の子と間違えられたのではないだろうか。

さすがに風呂を使うのは万作だけだったが、それ以外の時、万作は鈴の傍にいて、かいがいしく世話をやいた。床の間のある広い部屋の中央に客布団を敷いて、そこに鈴が休み、万作は狭い次の間で眠る。

翌朝も、夕餉と同じように食事をした。万作は鈴にやさしい声で語りかけ、ご飯や汁やおかずを口元に運ぶ。そのあと、自分が食事をとる。

まるで生きている人のように扱うが、梅乃の目には人形としか見えない。

朝餉が終わると、万作は鈴をやわらかな紙でていねいに包み、箱に納める。風呂敷包みにして背負い、宿を出て行く。

夕方、宿に戻ってくると、箱から取り出し、座布団に座らせて夕餉となる。

そんなことが二日ほど続いた。

杉治は悩んでいた。

娘が自分を捜している。会いたいという。恨んではいないそうだ。

そんなはずがあるものか。

ある日、何も言わずに家を出てしまったのだ。苦労をしたに違いない。恨んで当たり前である。

だが、女房のお国はできた女だった。娘には、いい父親だったと言い聞かせていたのかもしれない。

――甘いな。

頭のどこかで声がする。

――これは罠だ。お前をおびきだそうとしているんだ。ついに見つかったんだ。追っ手が迫っているんだよ。どうする？　ここからも逃げるか。決めるなら早い方がいい。

また、別の声がする。

――夏が本当にお前に会いたがっていたとしたらどうする。ここで会わなかったら、もう二度と会えないぞ。名乗らなくていいんだ。遠くからそっと顔を眺めるだけでいい。それで達者かどうか分かるじゃないか。

　杉治の中で心は二つに割れて、自分でもどうしていいのか分からなくなる。

　梅乃が井戸端で洗い物をしていると紅葉がやって来た。

「ねぇ、あんたの部屋のお客さん、毎日どこに行くんだって？」

　小声でたずねた。

「知らない。聞いてない」

　梅乃は答えた。

「なんで、聞かないんだよ」

「だって……」

「あんた、知りたくないの？」

「知りたいよ。知りたいけどさ」

　聞いてはいけないことのような気がする。

「だからぁ、ふつうに聞けばいいんだよ。どこへ行くんですか。お役に立てることがあるかもしれませんよって。そうすれば答えてくれるよ。言える範囲でさ」

　紅葉がいらだったように言った。

「だけど……」

梅乃は口ごもる。

「もちろん、言えないこともあるだろうけどさ、とりあえずはなんか言ってくれる。それが手掛かりになるじゃないか。その先は、こっちで調べればいいんだよ」

紅葉は目をきらきらとさせていた。

「調べるって？」

梅乃は驚いてたずねた。

「だから、あの男が何を企んでいるかだよ。絶対、裏に何かあるよ。わざとらしく人形なんか背負っちまってさ。怪しいよねぇ」

「紅葉は、あのお客さんのことを疑っているの？」

梅乃は目を大きく見開いた。そんなこと、考えたこともなかった。

「そうだよ。あたりまえだ。絶対何かある」

紅葉は断言した。

その晩、梅乃は勇気を出してたずねることにした。鈴の夕餉をすませ、次の間に戻って来た万作にご飯をよそいながら、何気ない風で言った。

「お客さまは毎日、どちらにお出かけですか？」

「まぁ、あちこちたずね歩いています」

「どのあたりを歩かれたんですか？」

梅乃が重ねてたずねると、万作は少し困った顔をした。梅乃はあわてて付け足した。

「あの、この宿の下足番の樅助はとても物知りです。なんでも一度聞いたら忘れないという特技があるんです。きっとお客さまのお役に立てると思います」

「そうですね。どこへ行くかは鈴さまが決めるのです。私は言われた通りに向かうだけです。大丈夫です。お気になさらないでください」

万作は答えた。


次の日も万作と鈴は同じように出かけて行った。

夕方遅く、ひどく疲れた様子で帰ってきた。

万作が風呂に行っている間に、梅乃は夕餉の用意のために部屋に入った。

客用の座布団に鈴が座っている。

「鈴さま、今日はどちらに行かれたんですか」

梅乃は声をかけた。

人形は静かな笑みを浮かべて座っている。

「早く見つかるといいですね」

――ありがとう。

返事が聞こえたような気がして梅乃は振り返った。

切れ長の目はまっすぐ前を向いている。口元はやわらかな笑みを浮かべている。

聞き間違いだ。

そうに違いない。

だって人形なんだもの。唇は生きているようにふっくらと見えるけれど、触れれば固い。

「本当に命があるように見えますよ」

梅乃は言った。

――お前は私に命がないと思っているのかい。

声が聞こえた。女の声だ。

梅乃は部屋の中を見回した。だれもいない。耳を澄ますと、遠くで鳥の声がした。

――触ってごらん。温かいから。

また、声がした。梅乃はぞくりとして体を引いた。

だれの声だ。どこから聞こえた。

梅乃はそろそろと人形に近づいた。手を伸ばして、人形の顔に触れようとした。

あと、もう少し。

そのとき、襖が開いて万作の声がした。

「触ってはだめです」

万作は梅乃の体を強く引いて、部屋の外に連れ出した。

「どうして鈴さまに触れようとしたんですか」

声をひそめて梅乃に詰め寄った。

「すみません。鈴さまに声をかけたら、お返事があったような気がして」

「声がしたんですね」

「はい。『お前は私に命がないと思っているのかい』って。『触ってごらん。温かいから』とも」

万作は首を横にふり、大きなため息をついた。

「本当に危ないところでした。触れてはいけないとお伝えしなかった私がいけなかった。仕方がありません。全部お話をいたします。けれど、私がしゃべったことが鈴さまに気づかれてはなりません。約束してください。今まで通り、何も知らないという風にしてお世話をしていただけますか」

万作は恐ろしいほどまじめな表情で梅乃に言った。

「わかりました。約束します。今まで通り、何も知らない様子でお仕えいたします」

梅乃の声は少し震えた。

万作は安心したようにうなずくと、廊下の隅に移り、背筋を伸ばしてきちんと座った。梅乃も同じように座った。万作は静かな口調で語り始めた。

「鈴さま、といっても今の人形の姿ではなく、生きていらした頃のお話です。ある大きな商家のお内儀でいらしたそうです。小さい頃からとても美しく、ご自分でもそのことをよく分かっていらっしゃいました。そうして、一番きれいな時の姿を残したいと、ご自分そっくりの人形をつくらせました。それが、あの人形です。六年ほど前のことだそうです」

人形ができあがってすぐ、不幸が起こった。

鈴が疱瘡(ほうそう)にかかってしまったのだ。命はとりとめたが、顔に痕が残った。鈴の自慢であった美しい顔が消えたのだ。

「鈴さまは命を絶ち、人形は納戸に納められました。けれど、しばらくすると、納戸から声がすると使用人たちが噂するようになりました。みんな気味悪がって、納戸に近づかないようになりました。ある日、この人形を欲しいという商人が現れ、家族はついに手放してしまったのです。商人は別の人に人形を売りました。美しい贅沢な人形なので買い手はすぐに見つかります。けれど、気味の悪いことが次々と起こるので手放します。そうして、人から人へと渡っていきました。そうなんです。あの人形には鈴さまの魂が乗り移っているのです」

魂が乗り移った！

梅乃は思わず叫び声をあげそうになった。

万作は指を口の前に立てた。

「気をつけてください。鈴さまはとても耳がいいのです」

梅乃は体を震わせながら、何度もうなずいた。

「鈴さまが乗り移った人形は、元の家に戻りたいと願っています。けれど、人形ですから、家の場所が分かりません。こうして旅をしながら捜しているのです」

「それで、お客さまはどうして、鈴さまと旅をするようになったのですか」

梅乃は声をひそめてたずねた。

「それも不思議なことなのです。私は一年ほど前まで、上野にある墨や筆、紙を扱う店で手代をしておりました。ご存じのように寺や神社が多いところですから、墨や筆、紙はよくご要望がございます。その店は古くからある、大きな店でした。ある日、なじみの居酒屋で酒を飲んでいるときに、ふと、つぶやいてしまったのです」

——ああ、つまんない一生だ。こんな風にして毎日、働いて、少々の酒を飲んで家に帰って寝るだけか。

「私は小僧のときに奉公にあがり、そのまま同じ店におります。店には私よりさらに古くから働いている番頭も大番頭もおりますから、私が番頭に取り立てられるのはまだまだ先のことです」

ふと気づくと、隣に男が座っていた。

——じゃあ、おめぇ、どんな暮らしがしたいんだ。

男がたずねた。

——そうですねぇ。旅がしたいです。品川（しながわ）とか、板橋（いたばし）とかに行きたいです。

万作は品川宿にも板橋宿にも行ったことがなかった。そのころの万作にとって遠いところは、その程度のものだった。

——なんだ、そんなことか。そんなのは雑作もねぇ。俺は箱根の山を越えたんだ。三保の松原って知っているか。きれいな海の白い砂浜に松が並んでいて、その向こうにでっかい富士山が見えるんだ。まるで絵のようだよ。俺は、そんな暮らしをもう何年も続けてきた。きれいな景色を見て、温かい風呂につかって、あったかい布団にくるまって眠るんだ。

――いいですねぇ。うらやましいです。

――そうだろう。

男はにんまりすると、万作に酒をすすめた。

――あなた様はご商売で旅をなさっているんですか？

万作はたずねた。

――そうじゃねぇ。旅をするのが俺の仕事だ。それだけだ。難しいことは何もない。

――すてきな暮らしですねぇ。私もそんな風に生きてみたいですよ。

――なんなら、おめぇが俺の代わりをやってみるか。

――はは、いいですね。いつでも代わりますよ。

酒の席の冗談だと思って軽く答えた。

「けれど、それは違いました。翌朝目覚めると、私は見知らぬ場所にいました。目の前の襖をそっと開けると、そこは明るい広い座敷で、座敷の真ん中に鈴さまが座っていらっしゃいました」

――名をなんという。

鈴がたずねた。

――ま、万作と申します。

――万作、私は家に戻りたい。私の家を捜してほしい。

「私は、そのとき、鈴さまの体に触れてしまいました。触れると、心を操られてしまうのです。最初は物珍しく楽しかった旅ですが、楽しいことばかりではありません。私は鈴さまのことが好きですからこの暮らしが気にいっていますが、やめたくなったらだれか代わりの人を探さなくてはなりません。ちょうど、前の男がそうしたように」

万作は深くため息をついた。

「これでさっき、私があなたを止めた意味が分かったでしょう。あの人形に触れたら、今度はあなたが私に代わって旅をすることになるんですよ」

梅乃は顔から血の気が引くのが分かった。

どうして、こんな恐ろしい人形の部屋係になってしまったのだろう。

「教えてくださってありがとうございます。もう二度と人形に近づきません。触れることもいたしません。おっしゃる通り、何も知らない、聞いていないという風にふるまいます」

そう言うと、その場から逃げるように立ち去った。

梅乃はすぐさま、お松の部屋に行き、万作から聞いたばかりの話を伝えた。話をしているうちに震えてきて、言葉につまった。涙がにじんだ。

「ふうん。そういう訳があったのかい。毎日、どこに出かけているのかと思っていたんだよ。じゃあ、あんたも言われた通り、知らぬ存ぜぬという風に仕事をするんだね」

長火鉢の向こうで、お松はゆったりとした口調で答えた。

「私は、まだ、あの部屋を受け持つんですか？　そういうことなら、桔梗さんか、ほかのどなたかのほうが良いのではないでしょうか。私には荷が重すぎます」

梅乃は必死で訴えた。

「だって。触らなければいいんだろ。昼間はいないんだし、人形を見るのは食事の時だけじゃないか。ふつうにお世話をしたらいいんだよ。心配ない。お前はできる」

お松は当然という顔で答えた。

「でも、あの、その……」

梅乃はまだ、あれこれ言いたいことがあった。

「なんだよ。一度決まった部屋係は最後まで続けるのが決まりだろ」

お松がぴしりと言った。

「はい……」

梅乃は肩をすくめた。

「まあ、少々気味の悪い話ではあるけどね。ちゃんと前金ももらっているし、礼儀正しいまじめそうな人じゃないか。こっちは何も困ることはないからね。よろしく頼むよ。それから、あれこれお客のことを面白おかしく噂するんじゃないよ。分かっているね」

最後はお松にくぎを刺された。


部屋を出ると、梅乃は大きくため息をついた。まだ、体が震えている。せめて白湯でも飲んで心を落ち着けよう。そう思って溜まりに行くと、紅葉が寝転がって休んでいた。

「なんだよ。なにがあったんだよ」

紅葉がむっくりと起き上がってたずねた。

「いや、お客さんのことで、ちょっと……」

「お客さんって、あの人形の人だろ。もっと、いろいろ分かったんだ。ねぇ、聞かせておくれよ」

「だって、おかみさんに噂をしちゃいけないって言われたんだもの」

梅乃は口ごもった。

「あたしはさ、噂を聞こうと思ってやしないよ。あんたが困った顔をしているから相談にのってやろうと思っているんだ。同朋が困っているのを助けることまで、だめだとはおかみさんは言っていないよ」

ふだんはぼんやりのくせに、いざとなると妙に理屈をこねる紅葉である。梅乃はつい万作から聞いた話をそっくりそのまま告げたのである。

紅葉はにんまりと笑った。

「それで、あんた、その話を信じたの？」

「え、だって……。私は人形の声を聞いたのよ」

「万作がどこかに隠れてしゃべったんじゃないのか？」

「でも人形は部屋の中で、お客さんは外にいたのよ」

梅乃はそう答えたけれど、少し自信がない。まあいいやと、紅葉は小さくつぶやいた。

「じゃあ、聞くけどさ。万作はある日、突然、人形と旅をすることになった。それなのに、どうして鈴って女のことをいろいろ知っているんだよ」

「それは、人形から聞いたんじゃないの？」

「なんで、一番肝心な元の家だけ、忘れちまったんだよ」

答えられなくて梅乃は唇を噛んだ。

「あちこち旅をするっていうけど、旅は金がかかるんだよ。その金はどこから出て来るんだ」

梅乃は言葉につまってうつむいた。炒り豆を口に放り込んだ紅葉が言った。

「ねぇ、梅乃はさ、人形を無事に家に戻して、あの男を助けたいと思っているわけだよね」

「……うん」

紅葉がこういう言い方をするときは、なにかを企んでいる時だ。用心しなければ。

梅乃は慎重になった。

「じゃあさ、いっしょに人形の家を捜してやろうよ。そうすれば、あの男の旅は終わる。人形は家に戻って喜ぶ。あたしたちも、謎が解けて気持ちがすっきり。三方良しだよ」

紅葉の瞳は誘うように妖しく光っている。

まずい、まずい。

けれど、梅乃はついたずねてしまったのである。

「人形を戻すって、どうするつもりなの？」

「六年くらい前、鈴って人に似せて、えくぼのある市松人形をつくった人を捜せばいいんだ」

そんな漠然としたことで捜せるだろうか。

「明日、人形町に行く。人形のことなら人形町だよ」

紅葉はきっぱりと言った。人形町は人形浄瑠璃を演じる小屋が多くあり、その人形にかかわる職人たちも集まっているという。

「あの人形のことを知っている人に会えるはずだ」

紅葉は自信たっぷりだった。

杉治が呼ばれて、お松の部屋に行くと、先に樅助と桔梗が来ていた。

「忙しいところ悪かったね。ちょいと相談したいことがあってさ。離れのお客のことなんだけどね」

お松がゆったりとした調子で口火をきった。

「人形を連れたお客のことでやすね」

杉治は答えた。

「梅乃によると、人形を家に戻すため、一年ほど前から旅をしているんだそうだ。人形には不幸に死んだ鈴って女の魂が乗り移っていて、触れると人形に操られてしまうという」

「どっかで聞いたような話だねぇ。梅乃の話じゃ、ままごと遊びみたいに食べさせる真似までしてるそうじゃないですか。なんだか、やることがいちいちわざとらしいやねぇ」

苦い顔に杉治はなった。

「富八親分に問い合わせてみたんだけどね、そんな風に人形を連れて宿を泊り歩いている男の話は聞いたことがないそうだ」

お松が言った。

「じゃあ、突然、如月庵に現れたってわけか。なんのために？」

「まあ、今のところは分からない」

お松が言う。

「それで、お客の身元は分かったんですかい？」

杉治は樅助の顔を見た。

「上野に奈良半という筆や紙、硯なんかを扱う大きな店がある。そこの手代が硯の代金、三十両を持って一年ほど前に消えた。末吉と呼ばれていたそうだが、人相は似ている」

樅助が淡々とした調子で答えた。

「富八親分があの人形について調べている。特徴のある人形だから、元の持ち主もいずれ分かるだろうけれどね。ともかく、目を離さないでおくれ」

お松は三人に告げた。さらに桔梗に言う。

「それから、梅乃のことだけど、お客の言葉を頭から信じているんだよ。さっき、部屋係を替えてほしいと言って来た。あんまり怖がるようだったら、助けてやってくれ」

「分かりました」

桔梗は答えた。

樅助と桔梗が去って、部屋にはお松と杉治だけになった。

「それで、娘さんには会ってきたのかい」

お松がたずねた。

「いや、まだ……」

杉治は口ごもった。

「……そうかい。こっちに迷惑がかかることを心配しているのかい？　そんなことは気にしなくていいんだよ。助け合うのが如月庵だからさ。樅助も桔梗もいる。なんとかなるさ」

お松は言った。

2

朝餉が終わるといつものように万作と鈴は出かけて行った。梅乃と紅葉も手早く掃除をすませ、知り合いをたずねるという口実をつけて如月庵を出た。

人形町は上野広小路にも負けないにぎやかなところだった。浄瑠璃や歌舞伎などの芝居の小屋が並んでいて、その近くにはそばや天ぷらなどの屋台があった。おいしそうな匂いが流れてきて、二人のお腹はぐうぐう鳴った。さらに進むと、今度は少し怪しげな見世物小屋のある界隈になった。

蛇女と大きく書かれた看板があった。着物姿の女の絵がある。島田（しまだ）に結った若いきれいな女だが、首が異様に長くて大きなうろこがある。大きくかっと開けた口からは、先が二つに割れた赤く長い舌が出ていた。

　小屋といっても材木で枠組みをして周りを板で囲っただけの簡単なものだ。男に金を払って、すだれをたらした入り口から入って裏から出る仕組みである。

　看板もおどろおどろしいが、小屋の中は暗くてなんだか薄気味悪い。呼び込みの男も顔に傷があって柄が悪そうだ。かどわかされそうで怖い。梅乃は元来た道を戻りたいと思ったが、紅葉は平気な顔でどんどん近づいていく。

「ひゃあ、すごいね」

紅葉は目を輝かせた。呼び込みの男が待ってましたと言うように声をかけた。

「ねぇさんたち、寄っていきな、見ていきな。熊野（くまの）の山奥で見つかった本物の蛇女だ。怖いよ、面白いよ」

「作りものじゃないんだろ」

「あたりまえだよ。近づきすぎると、噛まれるから用心しな。二人なら、安くしてやるよ」

「うん、あとで来るよ」

紅葉はそう言って通り過ぎる。

しばらく進んでから言った。

「ああいうのは、たいていイカサマなんだ。板に蛇女の絵が描いてあって、女の人が首だけ出していたりするんだよ。あたしは、もう何べんも見たから分かっている」

「何べんも見たんだ……」

梅乃は小さな声でつぶやいた。

「刀で切っても血が出ないとか、数をあてるとか、みんな種があるんだよ」

紅葉は、へへと笑った。

梅乃はなんだか嫌な気持ちがした。紅葉は人形のことをあてこすっているのだ。自分だけではなく、万作が傷つけられていると思った。

黙ってしばらく歩いていたが、思い切って言った。

「紅葉はあのお客さんがやっていることは、さっきの見世物小屋と同じだって言いたいんでしょ」

「あんたにしちゃ、分かりが早いじゃないか。人形に魂が乗り移るなんてありえないよ」

「どうして、ありえないって分かるのよ」

梅乃はつんけんした。

「じゃあ、あんたはなんで信じたんだよ。人形の声が聞こえたから？　それもあるけど、本当はあの男が若くて、やさしげなかわいい顔をしていたから？」

「違うわよ」

梅乃は思わず叫んだ。

「万作さんはいい人よ。私は毎日、見ているから分かるの。心を込めて、鈴さんに仕えている。毎日歩き回って、一生懸命、鈴さんの家を捜している。それは嘘じゃない」

「すっかり信じているんだ」

紅葉はため息をついた。

「あんたも、私といっしょに部屋係をしたら分かるわよ。万作さんが紅葉の言うようなイカサマ師だったら、人の見ていないところで気を抜くでしょ。やっぱり、人形だって思っているんだっていう時があるはずよ。でも、私は今までそういうところを一度も見たことがないもの。本当に鈴さんにやさしく接している」

「ふうん」

紅葉は足元の石を蹴った。

「分かったよ。梅乃の言う通り、あの人形には鈴って女の魂が乗り移っている。それで、万作って男は操られているんだ」

「分かってくれたらそれでいい」

梅乃は低い声で答えた。

「よし、じゃあ、いっしょに人形のことを調べよう」

紅葉は大きな、元気のいい声を出した。

大店の並ぶ通りに戻ると、紅葉は道行く人にたずねた。

「この近くで一番有名で大きな人形の店はどこですか」

蔵造りの白壁、破風屋根の立派な構えの店を教えられた。のれんをくぐると、手代が出て来た。

「なにかご用でございましょうか」

「ちょっとおうかがいしたいのですが、この人形に見覚えはありませんか。こちらで誂えたものではないかと思うのですが」

梅乃は懐から紙を取り出した。それは梅乃が描いた鈴の絵姿である。お世辞にも上手とは言えないが、えくぼのある品のいい顔立ちと紫の着物と銀の帯は分かるようになっている。

「はあ。この人形ですか……」

客ではないと知った途端、手代の顔から笑みが消えた。

「六年くらい前に、ある方とそっくりにつくったものだそうです。名のある人形師の手によるものと聞いています。どなたかご記憶ではないでしょうか。えくぼがあるんです」

梅乃は力をこめて熱心にたずねた。

「私どもの人形でしたら、木の蓋に店の名が入っております。そういうものは、ございましたでしょうか」

梅乃は記憶をたどった。

「たしか玉雲と書いてあったような」

「それは、どちらかよそさまで、つくられたものでございましょう」

早々に追い出されてしまった。

何軒かほかの店をあたったが結果は同じだ。人形町に玉雲という名の店はなかった。

「全然相手にされないね」

梅乃はがっかりして言った。

「そうだねぇ。よし、方法を変えよう」

紅葉はきっぱりと言った。

「どうするの？」

梅乃はたずねた。

「人形をつくった職人を捜すんだ」

紅葉はずんずんと元来た道を歩き出した。

杉治は悩んだあげく、黒門町の鍵屋をたずねることにした。

遠くから鍵屋ののれんが見えた。亀甲(きっこう)とカの字を組み合わせたのが鍵屋の印で、大店というほどではないが、しっかりとした店構えで奉公人が何人もいるようだ。ちらりと店の中をのぞくと、帳場に主人らしい男が座っていた。まだ年はそれほどいっていないが、貫禄があった。商いもうまくいっているのだろう。杉治の様子を認めたのか、手代が近寄って来たので、あわてて離れた。

夏の顔を確かめたかった。だが、お内儀が店に出てくることはないだろう。

杉治はあきらめて踵を返した。

いろいろなことが思い出された。夏が生まれた日のこと。はじめて「おとっちゃん」と言った日のこと、花火を怖がり、金魚をかわいがった。栗が大好きで、雪の日に遊んだ。賢くて聞き分けがよかった。

理由も言わず家を出た。ひどい亭主、父親だと恨んでいるにきまっている。ずいぶんと苦労もしただろう。

けれど、あのときは、ああするより仕方なかったのだ。

そう思って来た。

気づけば不忍池に出ていた。青さを残した蓮の葉が風に揺れている。

——秀丸様のお食事にはちみつを使うこと。

ある日気づくと、懐にそんな紙片が入っていた。杉治たちの仲間だけしか解読することのできない特殊な文字で書かれていた。

秀丸は半年ほど前に生まれた正室愛姫の子だ。待ち望んだ男子で、殿もことのほか喜び、成長を楽しみにしている。

その子にはちみつか。

乳児にはちみつを与えるのは危険だ。元気がなくなったり、首が据わらなくなり、ときには死に至ることもある。

側室のお佑の方の男子は生後一年で亡くなった。お雪の方の娘も半年。「七歳までは神のうちというが、どうしてそんなに弱いのか。市中の子供たちは、さほどに手をかけなくとも無事に育つではないか」と殿がなげいたと聞いた。

杉治は理由を知っている。

自分たちの仲間が手をくだしているのである。

秀丸の命も、じわじわと真綿で首をしめるように削いでいくのだろう。

かつて杉治は、そういう仕事に疑問を持たなかった。だれかがやらなければならない。たまたま、自分がその役割を担うことになった。そう思っていた。

だが、所帯を持ち、娘が生まれると、疑いが生まれた。

戦で敵の首をとるのではない。

罪を犯したわけではない。

幼い、無力な赤ん坊だ。どうして、そのような酷いことをしなくてはならないのか。

——どうしたのか。まだ、使っていないと聞いた。早くしろ。

はちみつを口にしても、かならず症状が出るという訳ではない。だから、使ったふりをすればいいと思った。だが、どこかで監視している者がいるらしい。

――なぜ、命に従わない。

――早くしろ。お前が罰せられるぞ。

紙片が日に何度も届くようになった。

そんな折、愛姫が秀丸と遊んでいる姿を遠くに見た。若くかわいらしい愛姫が秀丸をあやしていた。秀丸はぷっくりと太った腕を動かし、笑っている。

ぷつり。

杉治の中で何かが切れた。頭が真っ白になった。

そのまま屋敷を出ると、夢中で走った。残された妻や娘がどうなるのかとか、これから先、自分はどうやって生きていくのかとか、頭になかった。ただ、遠くに行くことだけを考えていた。

「そんな俺に、会いたいと言ってくれたのか」

杉治はつぶやいた。

その言葉を聞いただけで十分だ。そう思えた。

「おっかちゃま。お花をさしあげます」

甲高い女の子の声がした。

「きれいなお花ね。ありがとう」

妻の声が聞こえた気がした。

杉治は思わず振り返った。女の子を抱いた女がいた。目元が妻に似ていた。杉治の視線を感じて、女がいぶかし気に目を向けた。次の瞬間、女の目が見開かれた。ふたがいに見つめ合った。

やがて、小さな声でたずねた。

「……文吉さんですか」

「……ああ、今は違う名前ですが。……夏さんですか」

それきり言葉が出なかった。

「おっかちゃま。この人、だあれ」

花を手にした五歳ぐらいの女の子がたずねた。

「うん。ちょっとね……。知っている人」

「ふうん」

夏が娘に目をやったそのすきに、杉治はその場を逃げ出した。

逃げることしか考えられなかった。

上野広小路に戻ると、紅葉と梅乃は、以前金継ぎをしてもらった職人のところに向かった。

「おや、今度はなんだい。また、どっかの店の壺を割っちまったのかい」

職人がたずねた。

「違うよ。猫はおとなしくしているから、もう大丈夫だ。今日は、そうじゃなくてね、人形の持ち主を捜しているんだ。えくぼがあるから、本人に似せた物だと思うんだけど、こういう人形を見たことないですかねぇ」

紅葉は甘えるような声を出すと、袂から絵を取り出した。

「また、へたくそな絵だねぇ。これじゃあ、何にも分からねぇよ。それにうちで扱うのは瀬戸物だよ。ぜんぜん明後日の方角じゃねぇか」

そう言って笑いながら絵を眺めた。

「美人さんらしいねぇ。この人形がどうかしたのかい？」

「まあ、いろいろ訳ありでね、つくった人を捜しているんだ」

紅葉がさらりと興味を引くような言葉を投げる。

「訳ありかぁ。夜中にすすり泣くとか、髪の毛が伸びるとか？」

「まあ、そんなところです」

梅乃は仕方なく答えた。

「あんたたちは人形がどういう風につくられるのか知っているのかい？　頭と胴体はそれぞれ別の職人がつくるんだよ」

「そうなの？」

梅乃がたずねると、なんだ、そんなことも知らないのかという顔をされた。

「頭をつくる職人には、目や口や髪の毛の生え際なんかを描く頭師（かしらし）と、髪の毛を形作る結髪師がいる。頭師が頭本体を仕上げてから、結髪師が髪を結いあげる。だから聞くんだったら、頭師のところに行かなくちゃだめだ。この近くにも、頭師が一人いるよ。ちょいと変わっているけど、名人だ。きれいな顔の人形をつくるよ。たずねてみるかい」

「行きます。行きたいです。どうぞ教えてください」

梅乃と紅葉は頭を下げた。

教えられた通り、曲がりくねった細い路地を進んで行くと、古ぼけて字が消えかかった木の看板が出ていた。くねくねと曲がりくねった線で「人形頭師」とある。名前のところは、玉という文字しか読めない。入り口で案内を乞うと、梅乃たちと同じくらいの年頃の娘が出て来た。人形の持ち主を捜していると言うと、奥に入った。

「じいちゃん、なんか、人形のことで聞きたいんだって」と叫んでいる。

娘に案内されて工房に回った。白髪の老人が作業台に向かって木を削っていた。

工房は薄暗く、あたりは木の匂いに満ちていた。部屋の隅には四角く切った木材がいくつも立てかけられている。棚には大小の人形の頭ばかりがずらりと並んでいた。あるものは、木肌を見せる丸い形で、その脇にはのっぺらぼうの白い頭があった。目鼻がついて子供の顔や若い女の顔になっているものもあった。

「聞きたいと言うのはなんのことだね」

老人はこちらを振り向きもせずにたずねた。老人が木を削ると、薄くそがれた木片はくるくると丸くなって足元に落ちた。

「如月庵という宿の者です。えくぼのある人形のことを調べています。六年ほど前に亡くなった鈴さんという人の姿を写したものらしいのですが、なにかご存じではないでしょうか」

梅乃が言うと、老人の背中がぴくりと動いた。

「鈴？　どこの娘だ」

「娘さんではありません。あるお店のお内儀です。店の名前もどこにあるのかも分かりません。とてもきれいな方で、その姿を写したそうです」

むむという低い声が、老人からもれた。

「でも、その方は疱瘡が原因で亡くなり、人形は人手に渡りました。今、人形は家に戻りたがっています。うちに泊っているお客さんが――万作さんというんですけど――その人形の家を捜して旅をしています」

「なんで、人形が家に戻りたがっていると分かるんだ」

老人は怒ったように言った。

「人形がしゃべるんだってさ。それで、その男は人形に話しかけたり、飯を食わそうとしたりするんだよ。人形には鈴の魂が乗り移っていて、うっかり触ると人形に操られてしまうんだ」

紅葉が口をはさんだ。

「そんなことが、あるわけはないだろう」

「でも、私も一度、鈴さんの声を聞きました」

老人は振り返って、梅乃を見つめた。

「お前は本当に人形の声を聞いたのか。聞き間違いではないのか」

「聞きました。『お前は私に命がないと思っているのかい』『触ってごらん。温かいから』と言われました」

梅乃は答えた。今まで、心のどこかであれはやっぱり万作の声ではなかったのかと疑っていたが、こうやってはっきりと言葉に出すと、間違いなく人形の声だったと思えてきた。

「私は聞いたんです」

「ふん」

老人は馬鹿にしたように笑った。

「人形に命が宿るだの、なんだのとあんたたちは簡単に言う。髪の毛が伸びるとか、夜中に泣くなんていう奴もいる。そんなことが、あるわけないだろう。棚の上をよく見てみろ。たくさんの人形の頭がある。わしは今まで、何百、何千という人形の頭をつくってきた。だが、一度だって、人形がしゃべったり、動いたりしたのを知らない」

ぎろりと光る眼で梅乃と紅葉をにらんだ。

「人形はなんのためにいる？　なぜ、わしは人形をつくる？　それは人形がかわいいからだ。それだけだ。人を怖がらせたり、脅かしたりするために人形をつくっているわけじゃない。そういうことを聞きに来ること自体、わしゃ人形を侮辱するものだ。無礼だと思わんのか」

雷が落ちた。

梅乃は震えあがった。

「申し訳ありません。失礼をいたしました」

二人は口々に謝り、工房を逃げ出した。

「怖かったねぇ。でも、あの人の言う通りだよ。人形はかわいいものなんだ」

紅葉が言った。

秋の日は暮れかかって、空の端が赤くなっていた。

「うん。……鈴さんだって、かわいくてきれいだよ」

梅乃は答えた。

紅葉は知らないのだ。毎日、どんな風に万作が鈴に対しているのか。あの姿を見たら、だれだって人形に魂が乗り移ったという言葉を信じるに違いない。

何百何千のふつうの人形のことを話しているのではない。

鈴という不幸な女の人の姿を写した、たったひとつの特別な人形のことを考えているのだ。

どうして、だれも分かってくれないのだろう。分かろうとしないのだ。

梅乃はもどかしい気持ちになった。切なくて泣きたくなった。万作のことを理解しているのは、自分だけだ。自分が万作と鈴を守ってやらなくてはいけないのだ。

そろそろ万作が宿に戻るころだ。早く帰らなければ。

梅乃は足を速めた。

「ちょっと、梅乃。どうしたんだよ。少し落ち着きなよ」

紅葉が言った。

「だって、万作さんが帰って来ちゃうもの。鈴さんのお世話がある」

気持ちが焦って足がどんどん速くなる。

「もう、梅乃。あの頭師の話を聞いただろ。人形に魂が乗り移るなんてことはないんだよ」

「でも、鈴さんのことは本当なのよ」

梅乃は頰をふくらませた。

「しっかりしなよ。そんな風に思いつめない方がいいよ」

紅葉が梅乃の袖をつかんだ。その手を梅乃が払う。紅葉は梅乃の肩に手をかけた。

「放してよ」

「だから、あたしの話を聞きなよ。あの万作って男は梅乃の思っているような人じゃないよ。やさしそうなふりをして、女をだますんだ。あんたは、あの男に操られているんだよ」

梅乃は足を止め、紅葉をにらみつけた。

「どうしてそんなことが分かるのよ」

「分かるよ。あんたの耳は自分の聞きたいことしか聞かないし、あんたの目は見たいものしか見ていない。人形の声を聞いたって言うけど、そんなの嘘だ。あんたが聞きたいと思っていたから、聞こえただけだ。ただの空耳だ。自分でお話をつくっちまったんだ」

「ひどい……」

「あんたはあの、ちょっと見かけのいい、やさしげな男にまいっちまったんだ。それで、あの男の言うことをなんでも鵜呑みにしちゃうんだ。自分で考えたら、すぐ分かることでも、ぽうっとなって見境がつかなくなっている」

梅乃の頭の中で何かが破裂した。それで、思わず叫んだ。

「自分といっしょにしないで。男の人にちょっとやさしくされると、すぐでれでれして、好きになっちゃう、あんたとは違うんだから。私はそういうんじゃないんだから。ちゃんと、自分で考えて、そうしたいと思っているんだから」

紅葉の目が大きく見開かれた。次の瞬間、顔が白くなった。唇を噛んでうつむいた。

梅乃はしまったと思った。紅葉は以前、大井の温泉宿で働いていたとき、見かけのいい、口先だけの男にだまされた。押し込み強盗の手引きをしそうになったのだ。紅葉はそのときのことを、今はもうほとんど口にしない。けれど、忘れてはいない。紅葉自身も怖い思いをしたし、みんなにも迷惑をかけた。愚かだったと悔いている。触れてはいけないことだった。

「そうだったね」

紅葉は低い声で言った。

「あたしとあんたは違うんだ。忘れていたよ」

くるりと背を向けた。泣いているのかもしれない。

「そうじゃなくて、そういう意味じゃなくて」

小さく言いおいて、梅乃は駆け出した。

その晩、万作はいつものように鈴に食事をあげた。小さなお膳には、ふろふき大根のごまみそかけとさつまいもの甘煮、青菜の酢の物、汁物代わりの茶碗蒸しとご飯、香の物が用意されていて、それを万作は箸でつまみ、「鈴さま。大根がほら、箸がすっと通るほどやわらかく煮てありますよ」とか、「このさつまいもはきれいな黄色ですねぇ」などと言いながら、鈴の口元に運ぶ。

万作が人形を見る目はやさしい。かける声は穏やかだ。

きっと万作はこの人形が好きなのだ。

それは、子供が人形をかわいがるのとは違う。もっと、たとえば、恋に近いものかもしれない……。

梅乃はその様子をじっと見つめた。

「ごちそうさま」

そう言って、万作は膳を持って次の間に下がって来た。これから万作の夕餉である。

梅乃は次の間の万作の茶碗にご飯をよそいながらたずねた。

「鈴さまは今日のご飯をお気に召してくださいましたでしょうか」

「はい。とても喜んで、おいしいとおっしゃっていました」

万作は笑顔で答えた。

「ありがとうございます。板前が喜ぶと思います」

梅乃は答えた。

万作の膳は鈴と同じものに、もう一品、鯛のあら炊きが加わっている。万作はおいしそうに食べた。

「いいお味ですね」とか、「板前さんは腕のいい方ですね」とか、梅乃に話しかける。けれど、その声音は鈴に話しかけるときとは少し違う。

夕餉が終わり、食後のほうじ茶をいれながら梅乃はたずねた。

「鈴さまの家の手がかりはありましたでしょうか」

「それが、なかなか難しいのです。今日は麹町の方にまで足を延ばしてみましたが、分かりませんでした」

「早く見つかるとよいですねぇ」

「まったく」

万作は深くうなずいた。

「いつまでも、こうして捜すおつもりですか」

「と、申しますと?」

「たとえば、お寺に納めることを考えたりはなさらないのですか？　そうすれば
……」

言いかけた梅乃の言葉を万作はやさしく遮った。

「それが鈴さまの幸せだと思いますか」

「あ、いえ……。申し訳ありません」

梅乃は頬を染めた。

「鈴さまを家にお連れする。それが私の本懐です。それを全うしたい。それだけです」

万作はほほえんだ。丸い目が細くなって、やさしい感じがした。

膳を下げてきた紅葉はいつになく元気がなかった。

「どうした。腹が減っているのか？」

杉治はたずねた。

「そうじゃないけどさ」

「じゃあ、梅乃と喧嘩したのか」

図星だったらしい。紅葉の頬が赤く染まった。

「例の人形を連れたお客のことで言い争った。だって、梅乃は頭っからあのお客のことを信じているんだよ。人形がしゃべったのを聞いたなんて言うんだ。はらはらして見てられないよ」

「それで、なにか言ったのか」

「うん」

——あの万作って男は梅乃の思っているような人じゃないよ。やさしそうなふりをして、女をだますんだ。あんたは、あの男に操られているんだよ。

「そりゃあ、怒るよ。『万作さんはそんな人じゃない』って言ったか」

「まあ、そんな風なことを言われた」

紅葉はしょげた。

「大丈夫さ。仲直りできるよ。あのお客だってずっといるわけじゃない。どっかでちゃんと決着がつく。心配するな……。それにしても紅葉は友達思いなんだな。感心したよ」

「ほめているの?」

「もちろんだよ。俺なら、そこまで言わないな。向こうはいい気持ちがしないだろうし、へたしたら喧嘩になるかもしれない。面倒だろ、そういうの。だから黙っている」

「杉治さんは、だれとも近づかないんですよ。いつもみんなと離れている。ひとりだ」

　竹助が話に加わった。

「大人になれば、みんなそんなもんだ。邪魔をしないように、お互い適当な距離をもって暮らしている。仲間とつるんで遊びに行くのは子供のすることだ」

「それじゃあ、淋しいよ。つまんない」

　紅葉が頰をふくらませた。

「あたしは梅乃のことが本当に心配だったんだ。だから、思ったことを言った。にこにこして、上っ面だけ仲良くするなんていうのは好きじゃない。逃げるのが嫌なんだ」

　杉治ははっとして、紅葉の顔を見た。

——お前は逃げるばかりだったな。

　どこかでそんな声がした。

　梅乃が膳を下げて板場に行くと、杉治が樽に腰をおろして休んでいた。

「どうだ、今日の飯は。例の人形は喜んでくれたか」

「はい。とてもおいしいと言っていたそうです」

「そうか、そりゃあ、よかった」

杉治は笑顔を見せた。

「そういやあ、紅葉となんかあったのか。元気がなかったぞ」

「ちょっと言い争って。私もかっとなってしまって……。紅葉は、人形に魂が乗り移るなんてことはない、離れのお客さんはイカサマ師だって言うんです」

杉治が何気ない風でたずねた。

「梅乃はどう思うんだ」

「嘘を言っているとか、お芝居をしているようには見えないんです」

「本物のイカサマ師はそういうもんだ」

「杉治さんも、人形に魂が乗り移るなんてありえないと思いますか？」

「さあ、どうだろうな。信じてる人にはそういうことが起こるかもしれないね」

「今日、人形をつくった店を捜したんです。見つからなくて……、その後、人形師のところにも行ってみました」

「なんだ、いろんなところに行っているんだな」

「心配だから……」

梅乃は口の中でつぶやいた。

「そういうことは、ほかの人たちに任せた方がいいんじゃないですかねぇ。物知りの縦助さんもいるし、杉治さんだって、桔梗さんだって」

竹助が話に割り込んだ。

「調べているんですか？　以前、おかみさんにたずねたときは、そんなことは言っていなかったけれど」

梅乃は首を傾げた。

「じつは、あんたから聞いた話の裏付けがほしいって、おかみさんが言いだしてね。それで、少し調べさせてもらった。上野の奈良半という筆や硯を扱う店の手代が一年ほど前に突然、姿を消した。末吉という名だそうだが、その男に人相が似ている。奈良半のお客はお寺さんなんかが多いからね、あのお客みたいに言葉遣いがていねいで行儀がいいんだ」

「じゃあ、あのお客さんは嘘を言っていないんですね」

梅乃はぱっと顔を輝かせた。

「その点に関してはね」

少し困ったように杉治は笑った。けれど、梅乃はそんな杉治の様子に気づかなかった。自分の気持ちに夢中になっていたからだ。

――なんだ。やっぱり万作は信じていいのだ。

「じゃあ、人形のことも分かりますね」

勢い込んで言った。

「そうだな。だからさ、そういうのは、俺たちに任せて、安心して仕事をしろ。紅葉とは早いとこ、仲直りしておくんだな」

杉治は答えた。

3

翌日、梅乃はひとりで谷中(やなか)の九品寺(くほんじ)に向かっていた。

谷中は寺の多いところだ。曲がりくねった坂道を上っていくと、右にも左にも寺がある。坂の一番上、富士山のよく見えるところに九品寺がある。

講話のない日で、寺の境内は閑散としていた。少し色づいたはぜの葉を秋の日差しが明るく照らしている。

「すみません。ご住職はいらっしゃいますか」

梅乃は堂の脇にある小部屋に声をかけた。

「おや。いつかの娘さんじゃないか。たしか……、宿の部屋係だったね。今日はどうしたんだい」

ころりと丸い体につるりと頭のはげた、人懐っこそうな顔をした住職が出て来た。

「ちょっと相談にのっていただきたいことがあるのですが」

「ふうん。面倒な話かい？」

「少し面倒かもしれません」

以前、上野の漬物屋、丸吉屋のおかみの珠江が亡くなった母親に謝りたいと言ったとき、この住職の知恵を借りた。

「落語じゃだめかい？」

「そういう訳には……」

先代の住職はていねいに檀家の人たちの悩みを聞いていたそうだ。住職も同じようにやってみたが、だんだん疲れてきた。どうも、自分には向かないらしいと思って落語を覚え、落語会を開いている。寺にはたくさんの女の人がやって来て、よく笑い、みんなとおしゃべりし、気づくと悩みを忘れているという。

「よし、わかった。聞いてやる。ただし、役に立てるかどうかはわからん」

住職は堂の裏手の小部屋に案内した。梅乃の長い話を聞き終わって、住職は言った。

「つまり、あんたは仲良しの紅葉と仲直りしたい。そもそも、いさかいの原因となったのは、万作というお客である。万作には人形を家に戻すという本懐を遂げさせたい。でも、人形は恐ろしい力がありそうだから寺に納めた方がいいのかもしれないとも思っている。そういうことだな」

「はい」

「なかなかやっかいだな」

住職は首を傾げた。

「ご住職は、人形に人の魂が乗り移るということがあると思いますか？」

梅乃はたずねた。

「うん、そうだなぁ。見えないものを信じるってのが信心なんだ。わしは仏門に入った者だからね、仏様を信じているし、あの世もあると思う。だけどね、それは心の中にあって確かめようがない。そこんところをうまいこと利用して、人をだます。そういう輩もいるんだ。そのことを、あんたの友達は心配しているんだろ」

「そうです」

住職は梅乃のもやもやとした気持ちを上手に整理してくれた。

「それで、万作っていう男はなんだ、上野の奈良半って店にいたかもしれないんだ。店に行ってみたか？　だれかに話を聞いてみたか」

「いえ、まだです」

「よし、じゃあ、行ってみるか。ちょっと待ってろ」

住職は立ち上がり、奥に入った。しばらくして出てくると、いかにもよそ行きという感じの新しい袈裟に着替えていた。

「こうすると、ちゃんとした寺の坊さんに見えるだろ。このごろ、落語ばっかりしゃべっているから、坊さんに見えねぇとか言われるんだ」

にやりとした。

二人で上野の奈良半に向かった。

奈良半はどっしりとした立派な構えの大きな店だった。柱は太く、看板は年を経て黒ずんでいる。のれんをくぐって店の中に足を踏み入れた。静かな店である。どこも掃除が行き届いて、ちりひとつ落ちていない。奥の棚には高そうな硯が並んでいて、壁には大小さまざまな筆がかけられている。中には箒かと思うような太い筆もある。

出て来た手代に住職がたずねた。

「恐れ入ります。こちらにいた末吉という男のことで、少しうかがいたいのですが。谷中の九品寺という寺から参りました」

末吉という名前を聞いて、手代ははっとした顔になった。

「少々お待ちください」

手代はあわてて奥に入った。待っていると、白髪の品のいい男が出て来た。

「奈良半の店主でございます。どのようなことをおたずねでいらっしゃいますか」

ていねいな口調でたずねた。

「この娘は湯島の宿の部屋係でな、人形を背負った奇妙な男が宿に泊っているそうだ。宿の者たちは男が嘘を言っているというが、この娘にはそうは見えない。むしろ男の力になりたいとも考えている。そのために、仲間とも言い争ってしまったというのだ。その男はこちらで以前働いていた、末吉という男かもしれないと聞いてやってきました」

店主は静かにうなずくと、奥の座敷に案内をした。店と同じように古いが、柱は磨かれ、障子にはほこりひとつ落ちていない。どこかで鳥の声がした。

「人形を背負った男については、つい最近、別の方からも、末吉ではないかというお問い合わせがございました。人相書きは見ればよく似ておりますし、話を聞くと符合するところもございますが、それについては、お役目の方にお任せしております」

お役目の方というのは、だれのことだろう。明言を避けたが、この人はすでに万作が末吉であると見当をつけているのだなと、梅乃は思った。

「人の本性というのは、なかなか見抜けないものなのですよ。そういう私も長年店をやり、何人も人を使っていましたが、見誤ることがあるのです。末吉という男は、遠縁にあたりまして十二でこちらに参りました。来た当初は体も小さく、夜になると母親を恋しがって泣いておりました。そういう子だったんですよ」

店主はしわの奥の目をしばたたかせた。

「突然いなくなって、私も店の者もあわてました。中には天狗にさらわれたのではと言い出す者までおりました。まじめで几帳面で仕事熱心な男だとみんな思っていたんです。けれど、しばらくすると、いろいろな方がやって来ました。金を返してくれという方もいれば、あなたのような若い娘さんもいらっしゃいました。いっしょになるという約束をしたというんですね。つまり、私たちは欺かれていたんです」

梅乃は店主の言葉をぼんやりと聞いていた。万作の顔が浮かんで消えた。胸の奥が痛んだ。本当は自分だってとっくに分かっていたような気がする。けれど、梅乃は認めたくなかったのだ。紅葉に言われて意地になっていたのか。うさぎかりすのような丸い目のやさしげな顔立ちに、ぽうっとなっていたのか。

なぜか、部屋に飾られた書が目に入った。

どこかで見たような字がある。

そうだ。あの人形の頭師の看板だ。「玉」の下に、あの字があった。

梅乃はぼんやりと見つめていた。

「私は人形を背負った男が、末吉でなければよいと願っております。たしかに奇妙な話ではございますが、世の中にはそうしたこともあるのかもしれませんから。私の白髪頭に免じてお聞きくださいい。どうぞ、気持ちをしっかりと持ち、お仲間のご意見にも少しだけ耳を貸したらよいかと」

そう言うとていねいに頭を下げた。頭では理解した。けれど心はまだ受け入れられない。あの万作が自分をだますはずがない。万作を信じたい。

「すみません。ひとつ、おうかがいしてもよろしいでしょうか」

梅乃はたずねた。

「どうぞ、なんなりと」

店主は答えた。

「あちらの書の一番下の字は、なんと書いてあるんでしょうか」

「ああ、これですか。雲という字です。ずいぶん、くずしてありますから、読めませんねぇ。これが、なにか？」

玉雲。そうか、あの頭師が玉雲だったのか。

梅乃はじっと書を見つめた。

木の匂いのする薄暗い工房が目に浮かんだ。棚に並んだ頭。木を削る頭師の背中。

梅乃たちを怒鳴りつけたときの顔。

そうか、あの人が鈴の人形をつくった人だったのか。

頭の中でかちりと音がした。ばらばらのかけらが一つの絵になった。今やっと頭と心がひとつになって、もやもやとした霧が晴れた気がした。

「じつは、先日たずねた人形の頭師の看板にその字がありました。古い看板で消えかかっていて、字もくずしてあったので私は読めませんでした。でも、なぜか、気になっていたんです。今、教えていただいて、その謎が解けました。玉雲。あの人が、鈴という人形をつくった人だったんです」

梅乃の頰が赤く染まった。

「玉雲さんははっきりとおっしゃいました。自分は、長く愛される人形をつくっている。人を脅かすためではないと。私は間違っていました。人形に死んだ人の魂が乗り移ったというのは、万作の嘘です。そう言って、人を惑わそうとしているんです」

店主は穏やかな眼差しで梅乃を見つめている。

「こちらに来て、たくさんのことを教えていただきました。今、はっきりと分かりました。私は目が覚めました。ありがとうございます」

梅乃はもう一度、礼を言った。

店を出ると、住職は何も言わなかった。ただ、ゆっくりと歩いている。

「ご住職は、最初からこんな風な結果になると思っていたんですか？」

梅乃はたずねた。

「まさか。わしは千里眼じゃない。万作とやらが、あんたが思っているような正直な男だったらいいなと思っていた」

「私、みんなに心配をかけていました」

そう言うと、涙が出て来た。

「気がついたんなら、それでいい。紅葉さんに謝るんだな。仲直りをしな。おかみさんたちには考えていることがあるんだろうから、あんたは今まで通り仕事をすればいい」

　住職は諭すように言った。

4

　宿に戻ると騒がしかった。お蕗が走って来て告げた。

「人形の持ち主が見つかったんだよ。ご主人が今からこっちに来るんだって。よかったね」

「どこの人？　万作さんが見つけたの？」

　梅乃はたずねた。

「上野広小路の灘屋という大きな酒屋さんだよ。縦助さんが捜したんだ。あんたのお客はまだ帰って来てないよ」

　梅乃はあわてて玄関に走った。縦助はのんびりした様子で端のほうに腰をおろしていた。

「人形の持ち主が見つかったんですか？」

「まだ、はっきりはしないが、どうもそうじゃないかってことで、こっちに来てもらうことにした。まあ、先手を打ちたいからね」

「先手って？」

「灘屋さんには鈴さんというお内儀がいて、その姿に似せた人形をつくった。ところが鈴さんは六年ほど前に亡くなった」

そこまでは万作の言葉通りだ。

「今は後添いも来て、お子さんも二人いる。幸せに暮らしている。今さら六年前の話を持ち出されても困るんだ」

「六年前に何かあったんですか？」

梅乃はたたみかけた。縦助は口ごもった。

「教えてください。私は今、谷中のご住職といっしょに奈良半に行って話を聞いてきました。あのお客さんは、私が思っている人とは違うと気づきました。だから、本当の話を聞きたいんです」

縦助はうなずいた。

「そうか。じゃあ、すっかり話すからそこに座りな」

梅乃は下足をしまう棚の端に腰をおろした。

「鈴さんはもともと灘屋に出入りする職人の娘さんだったんだ。近所でも有名な器量よしで、灘屋の若旦那が見初めて嫁にした。人形をつくったのは、そのすぐ後だ」

だが、二年後、疱瘡にかかって顔にあばたが残った。

鈴は悲しみ、落ち込み、部屋に引きこもるようになった。そのことから不仲になり、亭主は別の女のところに通うようになってしまった。鈴はだんだんと体も弱り、淋しく死んだ。人形は木箱に入れて納戸にしまわれた。

「一年ほど前、納戸の整理をした。そのとき、人形がなくなっていることに気づいたけど、そのままになっていた。鈴さんのことには触れたくなかったんだろうな」

樅助は淋しげな声を出した。

「万作は梅乃に一年ほど前から旅をしていたと言ったそうだね。富八親分に調べてもらったが、そういう男を泊めたという宿はなかった。如月庵に来たのは偶然だろう。しばらく泊って、あちこち捜しているふりをしたかったんだろうな。知り合いのところに人形を預けて、毎日芝居見物だので、暇をつぶしていたそうだ。そのあたりは富八親分が調べている。万作は言ったそうだ。『明日、灘屋をたずねるつもりだ』って」

「明日？」

梅乃は首を傾げた。

「明日が鈴さんの命日だ。満六年、七回忌なんだよ」

それで六年だったのか。

「おそらく、万作は鈴の因縁話を持ち出して金をゆするつもりなんだ。灘屋さんだって、鈴さんには申し訳ないことをしたと思っている。弱みがある。大きな店だから世間体もある。万作の言いなりになってしまうかもしれないんだよ」

「それで先手を打つんですか」

「そうだ。今日、ここで対面してもらう。桔梗が奈良半のご主人を呼びに行った。玉雲という人形の頭師のところには竹助が行っている」

「玉雲さんも……」

縦助たちはすっかり調べて、手を回していたのだ。

奈良半のご主人もすべて了解した上で、さっきの言葉をくれたのか。

梅乃はすべてが腑に落ちた。

「さあ、梅乃。お前の最後の仕事だよ。万作が帰って来たら、いつもどおりの世話を頼む。気取られないようにね」

「分かりました」

梅乃は答えた。

しばらくすると、万作が人形を背負って戻って来た。

「お疲れ様でございます。今日はどちらまで行かれましたか」

「はい。芝の方へ回ってみました」

万作は梅乃の問いに答えながら包みをほどき、人形を取り出した。

蓋には『御人形　玉雲謹製』の文字が見えた。

「この玉雲というのは、人形をつくった方のお名前なのでしょうか」

「ああ、どうでしょう。私は詳しいことは知りませんので」

万作は梅乃の言葉を聞き流し、鈴を座布団に座らせた。

「鈴さま。窮屈な思いをさせて申し訳ありません。どうぞ、ごゆるりとおくつろぎくださいませ」

梅乃がいれたお茶を口元に運ぶ。

「熱いですから気をつけてくださいませ。……ああ、いい香りですか。それはよかった。……こうしてお茶をいただくと疲れがとれますねぇ……」

みんな芝居だったのか。梅乃は万作の背中を見ながら思った。

――あんたの目は見たいものしか見ていない。人形の声を聞いたって言うけど、そんなの嘘だ。……自分で考えたら、すぐ分かることでも、ぽうっとなって見境がつかなくなっている。

紅葉の言葉が思い出された。

「お客さまのお役に立ちたいと思って、今日、私も人形の頭師のところをたずねてみたんですよ」

梅乃は言った。

「そうですか。そんなことまでしていただいたんですか。ありがとうございます」

万作は口元をほころばせた。

「そうしたら、人形の頭師に叱られました。自分は長く愛され、見る人を楽しませる人形をつくりたいと願っている。人を怖がらせたり、脅かしたりするために、人形をつくっているわけじゃないって」

万作は馬鹿にしたように鼻を鳴らした。

「その頭師は二流ですね。いや、三流か。だから、そんなことを言うんですよ。本物の頭師なら、人形に命を吹き込むはずです」

「その方のお名前は玉雲です。鈴さまの箱にあるお名前と同じです」

梅乃の言葉に万作の顔色が変わった。

「どういう意味ですか」

万作の声がとがった。

ちょうど、そのとき、襖の向こうで桔梗の声がした。

「お客さまをたずねていらした方がいらっしゃいます。ご案内してもよろしいでしょうか」

「だれでしょう。心当たりがありませんが。それに、鈴さまは疲れていらっしゃるので……」

その言葉が終わらないうちに襖が開き、富八親分の大きな体が入って来た。

「少し、お話をうかがいたいと思いましてね」

続いて灘屋の主人、奈良半の店主、玉雲、最後におかみのお松の姿があった。驚いた万作が腰を浮かせたが、庭には杉治が控えている。もう、どこにも逃げ場はない。

万作の企みは樅助が語った通りだった。

客から受け取った硯の代金を懐に入れて奈良半を出奔した。面白おかしく過ごしていたが金が尽きて来た。そんなとき、灘屋の人形の話を聞いた。言葉巧みに女中に近づき、人形を持ち出させ、鈴の因縁話で灘屋から金をゆすろうと考えたのだ。

万作はお縄になり、富八親分が連れて行った。人形は灘屋に戻った。寺に納めるつもりだという。

人々が去り、宿は静かになった。

梅乃が裏の物置に行くと、紅葉が猫と遊んでいた。木の枝の先につけたひもを振ると、しま吉とたまの二匹の猫がじゃれついてくるのだ。

「ほら、梅乃、面白いよ。あんたも、やってみなよ」

紅葉が枝を差し出した。梅乃はその枝を手にとった。

「ほら、早く、早く」

紅葉が明るい声を出した。

「うん。あのさ……、あの……、この前はごめんね」

梅乃は小さな声で謝った。

「えっ」

紅葉の顔がくしゃくしゃとなった。

「ああ、あれか。もう、いいんだよ。こっちこそ、ごめんだよ。言い過ぎた」

紅葉が小さく舌を出した。

二匹の猫が鳴きながら梅乃の足にからみついて来る。背中をなでるところりと転がってお腹を見せた。

「遊んでほしいのかな」

「そうだよ。あたしたち、ここのところ、いろいろ忙しくてさ、この子たちと全然遊んでやんなかったから、退屈しているんだよ」

紅葉はしま吉を抱き上げた。しま吉がごろごろとのどを鳴らした。

エピローグ

杉治は青天堂の庭にいた。暗い夜で空には星もない。

昼過ぎ、板場の隅に紙片がおいてあった。開くと、村の者だけが知る文字で「今晩、青天堂座敷に」とだけ書いてあった。

――ついに来たのか。

杉治は震え上がった。そのまま逃げ出そうかと思った。だが、踏みとどまった。お松の言葉が思い出されたからだ。

――こっちに迷惑がかかることを心配しているのかい？　そんなことは気にしなくていいんだよ。助け合うのが如月庵だからさ。樅助も桔梗もいる。なんとかなるさ。

それで心が決まった。

暗くなるのを待って青天堂にやって来た。庭の隅に気配を消して、こうしてずっと座っている。先ほどから座敷に種五郎がひとりでいる。自分を待っているらしい。

杉治はそっと縁側にあがった。

足音を消して部屋に近づいた。

中から低い声がした。

「文吉か」

杉治ははっとした。聞き覚えのある声だったからだ。

「……兄者ですか」

「そうだ。久しぶりだな。待っていたよ。取って食おうとはいわん。中に入れ」

杉治は部屋に入った。

床の間のある大きな部屋に種五郎はゆったりとくつろいだ様子で座っていた。

「まあ、座れ」

杉治は壁を背に、種五郎から少し離れて座った。何かあったらすぐに逃げ出せるように、もしものときは種五郎に斬りかかることもできるようにと、用心はおこたらない。

「心配するな。わしはもう昔のわしではない。薬種屋の主人、種五郎だ」

薄い明かりの中に、兄の姿があった。

年をとって髪は白くなっていた。だが、骨組みのしっかりとした大きな体はそのままで、厚い肉をたくわえている。口元に笑みが浮かんだ。

「孫娘のことでは世話になった。礼を言う。お前がいなかったら、どうなっていたか分からない」

　おおらかな口調で言った。

「あの話を聞いて、わしだと気づいたんですかい」

　杉治はたずねた。

「そうだよ。とっさに動けるのは下地がある者だけだ。道場でいくら稽古をしても、ああはいかない。それに蜘蛛茸だ。あのきのこを知っているのは村の者だけだ。背格好からお前だと見当をつけた」

　そういうことか。やはり蜘蛛茸のことをしゃべったのは失敗だったな。杉治は低く笑った。

「かしこまっていないでこっちに来い。話をしよう」

　種五郎が言う。杉治は怪しい気配がないか天井や襖に目を走らせた。

「だれもいないよ。村は仕事を止めたからな。残っているのはわずかな年寄りだ」

「止めた……」

　止めることなど、できるのだろうか。

「今はどこか別の者たちが請け負っているんだろう。わしには関係がない。……それに、あの大名家はとっくに改易になった。みんな過ぎたことだ。お前はもう逃げたり、隠れたりする必要はないんだよ」

種五郎は諭すように告げた。にわかには信じられない気がした。何が何だか分からなくなった。

「ウルエスには蜘蛛茸が入っているんだ。村の婆さんたちに頼んで送ってもらっている。畑仕事ができなくなった婆さんたちには、ありがたがられている」

ならば、杉治は今まで何を恐れ、隠れていたのだろうか。

「夏に会ったそうだな」

種五郎が静かにたずねた。

「子供を抱いていました」

夏の姿が目に浮かんだ。

「幸せそうだっただろ」

「へい」

「ここまで来るのは大変だった。……お前は逃げてばかりいる。だから残された者は苦労する」

「申し訳ないと思っておりやす」

くいと種五郎の片方の眉があがった。あたりを揺るがすような太い大きな声が響いた。

「そんな簡単な言葉で片づけるのか。本当に分かっているのか。並大抵のことではなかったんだぞ」

杉治は言葉もなく、うつむいた。

「まあ、いい。それも終わったことだ。近くにいるんだ。たまには顔を見に行ってやれ」

行燈の明かりが揺れた。

杉治は種五郎のもとを辞した。


木枯らしが吹いて、木々の葉をすっかり落としてしまった。

毎朝、あんなにたくさんあった落葉はずいぶんと少なくなって、今は茶色く縮れたり、雨に打たれて湿った葉ばかりだ。

「このまま、冬になるのかなぁ」

如月庵の前の道を掃きながら紅葉が言った。

「そうかもしれないね」

梅乃は答えた。

「落葉をもっと集めてさ、芋を焼こうよ」

「いいわねぇ」

二人は顔を見合わせて笑った。

坂道を上ってくる晴吾と源太郎の姿が見えた。

「おはようございます。今日はまた、寒いですね」

晴吾が言う。

「おはようございます」

源太郎は大きな元気のよい声を出した。

「おはようございます。元気でいってらっしゃいませ」

「寒いですから、お気をつけて」

梅乃と紅葉は挨拶を返す。


上野広小路から湯島天神に至る坂道の途中に如月庵はある。知る人ぞ知る小さな宿だが、とびっきりのもてなしが待っている。

ここで働く人たちは、それぞれひみつを持っている。

ほかの人には知られたくない過去のこと、心の奥のやわらかいところに隠して、人に見せない大切なこと、それがひみつだ。紅葉も、杉治も、樅助も、桔梗も、少し重たくて辛いひみつを抱えている。

もしかしたら、如月庵という宿も大事なひみつを隠しているのかもしれない。

この作品は書き下ろしです。

湯島天神坂
お宿如月庵へようこそ
十日夜の巻

中島久枝

2020年11月5日　第1刷発行

発行者　千葉 均
発行所　株式会社ポプラ社
〒102-8519　東京都千代田区麹町4-2-6
電話　03-5877-8109(営業)　03-5877-8112(編集)
ホームページ　www.poplar.co.jp
フォーマットデザイン　bookwall
組版・校閲　株式会社鷗来堂
印刷・製本　中央精版印刷株式会社

N.D.C.913/285p/15cm　ISBN978-4-591-16815-8

P8101417